Lieber Jobst Siedler

die Sache, die ich Ihnen hier mit einem Kratzfuß zu Füßen lege, ist ein bisschen mit Herzblut eingefärbelt.
Naja.
Mir geht's ja sehr so, wie ein Lichtenberg'scher Einfall ausdrückt:
» Wenn jemand eine Sache sehr gern tut, so hat er fast immer etwas in der Sache, was die Sache nicht selbst ist.«
das meint in meinem Fall: — abgesehen davon, daß ich ausgeschlafen und gesund sein muß, um überhaupt zeichnen zu können, um mich wirklich genüßlich einem Gegenstand zuzuwenden — und fro genüßlich können sie ruhig „intensiv" setzen —— abgesehen von solchem Wetter ist als nächstes unbedingt die Existenz eines Menschen nötig, dem ich meine Vergnügungen des Zeichnens heimlich oder offen widme.
Alleingelassen, will sagen: nur ich in Korrespondenz mit dem Gegenstand — was da bin ich gewiß nicht auf der Spitze meiner Intensität. das ist im Verlauf meiner fortschreitenden Fertigkeiten nicht weniger vielmehr stärker geworden. Und es macht mir nix, wenn dieser Aspekt der Sache im allgemeinen als nicht „métier gerecht" gilt.

Ach, ich will überhaupt keine derart tiefen Ausgrabungen machen, daß ich aus solchen selbstgegrabenen Gruben nicht wieder herauskäme. Das Angestrengte und Strenge ist mir nicht unbedingt ein Kriterium. Ich will's lieber genießen — Und wenn's eine Sache ist, wie wenn der Amadeus Mozart zwischen Bett und Konzert aus dem Klappern von Constanzen's Lockenwicklern ein divertimento notet, so ist's just die Melodie, die meinen Lustansprüchen grad genügt. Ängstliche Strenge und reduktive Disziplin ist mir (no-fast) nix.

Oder: —— die Gelassenheit mit der ich momentan zeichne, die Leichtigkeit der Einsicht in den Gegenstand — wenn's so ist — die ist mir manchmal und ganz plötzlich die Quelle einer komischen Euphorie — es scheint mich zwischendurch so eine Art Größenwahn anzufallen. Ich fühlte mich dem Gegenstand nicht nur ge- sondern geradewegs eingewachsen und dann schnippele ich mir schnell dieses etwas große Stück Gefühl mundgerecht, indem ich es einfach Größenwahn im Kleinen nenne. Na — in gemilderter Form ist es jedenfalls ein Gefühl der Selbstvergessenheit, wo Subjekt und Objekt austauschbar erscheinen — ein Gefühl, das meiner Vorstellung vom abzeichnenden Begreifen der Dinge sehr entgegen kommt — und das mir Zufriedenheit macht und mich für viele Ungereimtheiten entschädigt. Also - ich wäre sehr glücklich, wenn Sie diesen Novemberzeichnungen Ihre Gunst erweisen und sie in eine gewisse Garderobe stecken.

Herzlich Ihr Jossen

Horst Janssen

NOVEMBER

Propyläen Verlag

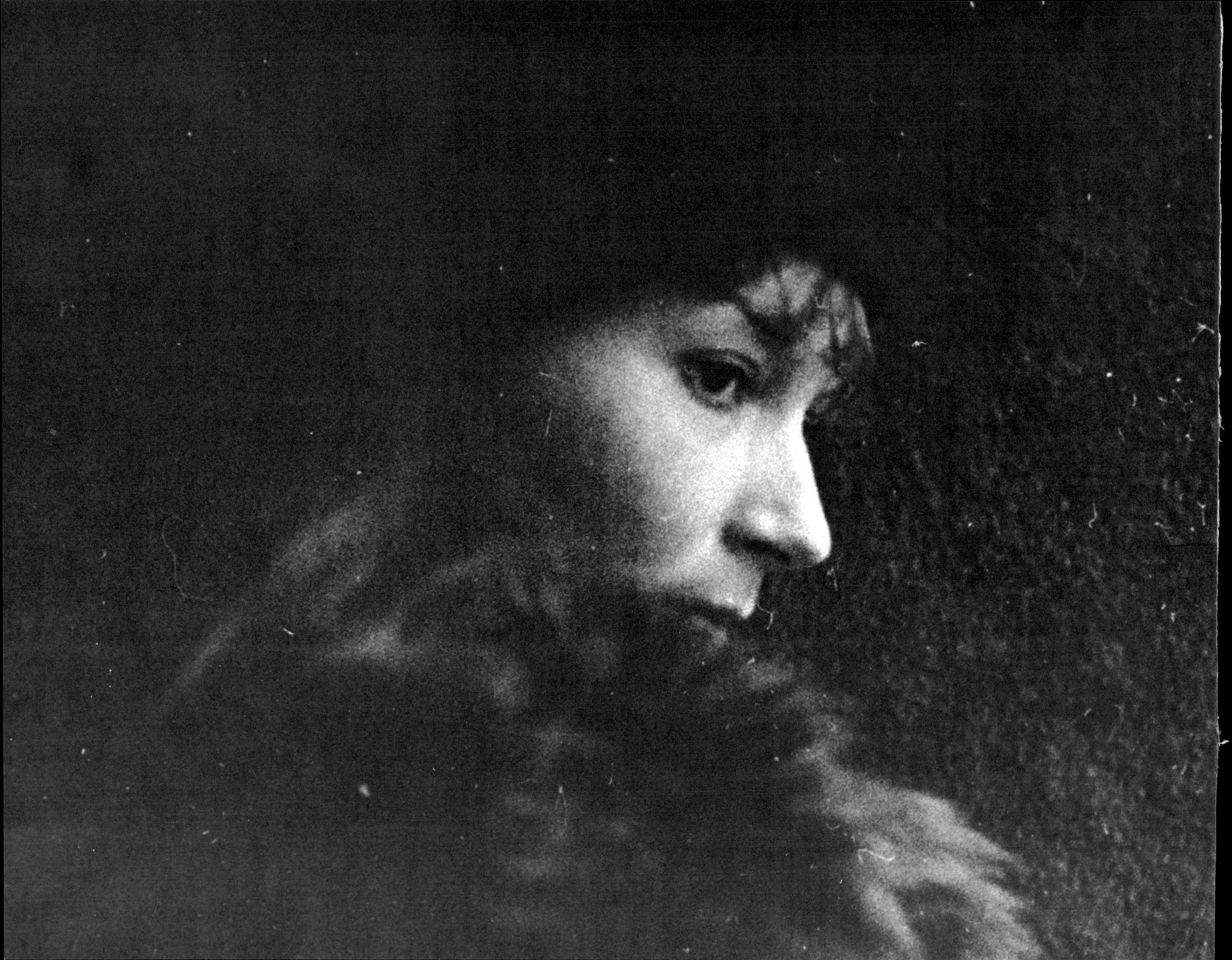

«November» für Birgit Jacobsen

zum 19.10.1975

Frisierspiegel iL 10/75

November

Bitte, Madame – November – eine gute Gelegenheit, mit dem Tod zu kokettieren. Es soll ja Leute geben, die ein solches frivoles Vergnügen abschätzig werten. Ich meine, daß solche Koketterie eine angemessene Form ist, diesem Kerl sogar 365 Gedenktage im Jahr einzurichten. Ich jedenfalls kokettiere. Sollte das Gespräch einmal ernsthaft werden – da werde ich sicherlich schweigen und jenem das Wort überlassen. Es gibt da ein altes Märchen. Um es etwas zu karikieren, erzähl ich's mal so: Bei irgendeiner Gelegenheit, irgendeiner, kommt es zwischen einem Soldaten und dem Tod zu einer Absprache. Diese sagt, daß der Tod sich dem Soldaten vor- oder rechtzeitig für die letzte Begegnung annoncieren möge. Na – nun passiert, daß der Tod dennoch für den Soldaten ganz plötzlich und unerwartet, also unangemeldet kommt. Endgültig. Der Soldat räsoniert natürlich über den vermeintlichen Vertragsbruch, und daraufhin sagt dann der Tod: „Was willst du eigentlich, mein Lieber? Erinnerst du nicht, daß du dir schon als Kindskopf mal die Finger auf der Ofenplatte verbranntest? Und erinnerst du nicht den Schmetterling, dem du damals ein Glas überstülptest und der dann nach drei Tagen nicht mehr davonflatterte, als du sein Gefängnis öffnetest? Und weißt du nicht mehr, wie du etwas später in einem Fieber untertauchtest und nach Tagen, als du wieder daraus erwachtest, nicht mehr wußtest, wieviel Zeit inzwischen vergangen war und du dich ganz erstaunt fühltest und ganz frisch und neu – wie just geboren? Und hast du nicht selbst gesehen, wie man deinen Großvater aus dem Haus raustrug? Ich will gar nicht reden von den unzähligen Aufmerksamkeiten, die ich dir machte, als du dann Soldat warst. Aber den groben Stubser, den ich dir gab, als ich dir deine Leidenschaft zu Mademoiselle X wieder wegnahm, den solltest du wenigstens noch erinnern. Also: der Annoncierungen und Hinweise genug. Und nun komm endlich und beklage dich nicht. Du wirst gebraucht." Fertig – so ähnlich das Märchen. Sie wissen nun, wie ich's meine.

Zurück auf den November. Da ich nicht nur kokett bin, sondern auch zur Gefühlsduselei neige, ist mir der November eine rechte Metapher für das Sterben, für das letzte Gefecht vorm Übergang auf die andere Seite. Der November ist also noch nicht der Tod, sondern er ist das Sterben, was ja bekanntlich eine sehr dramatische Szene ist. Man könnte sagen: die lebensvollste Szene überhaupt; wo sich auf engstem Raum noch einmal alles Leben versammelt, damit der Tod es so recht bequem in einem Griff zu fassen kriegt.

Hierher gehört die Bemerkung, daß der April das Pendant zum November ist. Der April – eben jener Monat, wo der Tod das vorhergegangene Jahr ins nächste Leben entläßt. Wobei sich das Drama allerdings umkehrt; denn der April benimmt sich wohl so, als wolle er gar nicht Mai werden. Also – der November, der in dem von mir so geliebten, albernen Horoskopbüchlein als der Monat des Dunklen, Feuchten, der blühenden Verwesung, der richtungslos wütenden Winde, der Flucht des zarten Lebens und der alle Verwandlung verhüllenden Nebel dargestellt wird – als der Monat des Sterbens und der Vorbereitung auf die Re-inkarnation –, dieser Monat ist durchaus mein Lieblingsmonat; und in diesem Fall auch die Unterrichtsstunde, in der ich die Bilder dieses Buches malte. Natürlich hat es auch was mit meinem Geburtstag zu tun; aber dieser Aspekt – Madame – ist lediglich von Nutzen, um Ihnen aus der ganzen Chose mit diesem Buch ein unverhältnismäßiges Kompliment zu machen. Unverhältnismäßig – weil ich, wenn's mir just paßt, zu gern den Leuten glauben mag, die sagen: ich sei ein maßloser Kerl. Ja – was nun das Kompliment betrifft, so meint es dies: als wir mit den Köpfen zusammenstießen, oder: als unsere Köpfe von den Erinnyen zusammengestoßen wurden – ach was: als wir aufeinanderstießen – da war's eh so was wie ein

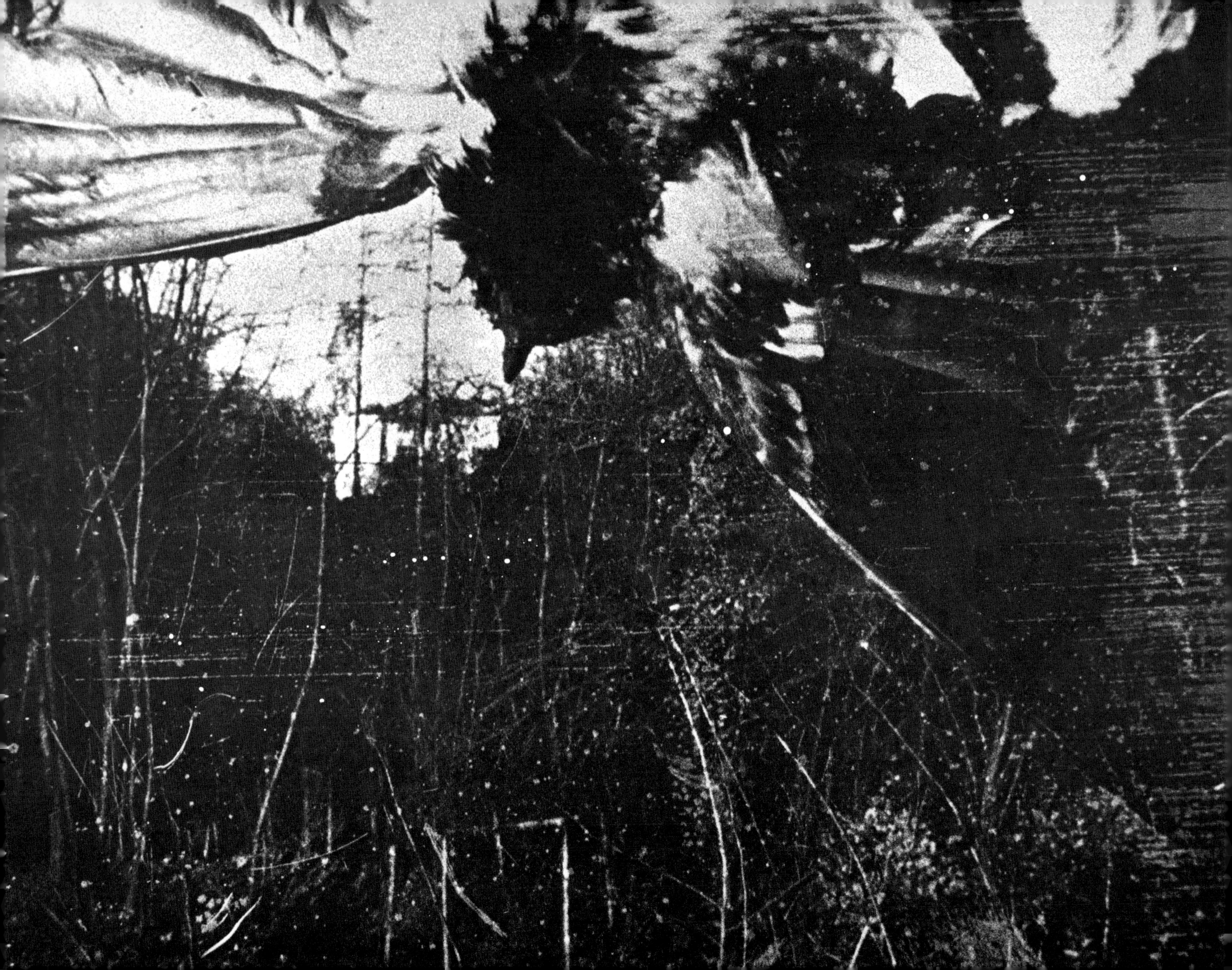

Geburtstag für mich, obwohl's erst Januar war. – Schluß mit den Anzüglichkeiten. Der November also ist das Drama des Sterbens und enthält zugleich alle Hinweise auf die nächste Fleischwerdung: er bricht den Baum und bereitet damit der Fäulnis den Tisch, auf dem sich uns dann der nächste Augenschmaus von selbst kredenzt.

Wie aber könnte man nun diese pathetische Angelegenheit illustrieren? Durch eine treffliche Platitüde, die immer stimmt? Oder durch ein platitüdenes Pathos, was womöglich eine Form gewordene Gefühlsduselei abgäbe? Sollte man vielleicht sich der Ruysdaelschen Dramaturgie bedienen? Oder die weiträumigen Verwesungen des Hercules Seghers wählen, oder, oder? Ich weiß nicht; ich weiß nur, daß ich es im diesjährigen November zu wissen glaubte, wie man's auch noch anders machen könnte. Na – und so hab ich's dann gemacht. Nämlich, so dachte ich, warum zum Teufel soll ich mir nicht aus den Wettern da draußen die Ingredienzien für «meinen» November ins geschützte Haus holen? Ist nicht der November da draußen eh mehr etwas für die Haut und für die lufteinsaugende Lunge als fürs Auge. Schließt man nicht genüßlich die Augen, wenn einem der Sturm etwa die nassen Blätterlappen ums Gesicht schlägt? Wie?

Also: ich habe mir mal wieder die Chodowieckysche Methode gegönnt: Chodowiecky, der den Geschlechterkampf – auch Ehekrach genannt – so recht besinnlich illustrierte, im hellen engbegrenzten Lichtschein der Arbeitslampe – umgeben von der Wärme und Zuneigung der Seinigen im Schummerlicht drumherum. Ein Witz? beileibe nicht. Aber eine Möglichkeit.

Nun – es gibt da noch einen möglicheren Gedanken. Da ist die Melancholie, jene Einstimmung, in die wir geraten angesichts der Vergänglichkeit des Jetzigen – in die wir geraten beim Bewußtwerden, daß wir die Resultate unserer Hoffnung auf Wiederkehr nicht erleben werden, weil wir nach der Wiederkehr die Zeit der dafür notwendigen Vorkehrung nicht mehr erinnern werden. Und ich meine, daß eine solche Melancholie, ins Artistische übersetzt, eher nach dem Stilleben verlangt als nach der Form des Schlachtengemäldes, wer oder was auch immer sich die Schlacht liefert. Ich meine, daß mir die Gewißheit des Vergänglichen oder besser: des Vorübergehenden am trefflichsten suggeriert wird durch die Ruhe der Balance, durch eine gewisse Grazie, durch harmonische Atmosphäre, na – durch einen Zustand gleich der Stille im Zentrum eines Wirbelsturmes. Ich wage sogar zu sagen, Madame: schöne Bilder – und Sie wissen, wie ich's verstehe – schöne Bilder machen mich auf eine seltsame Weise traurig. Sehr im Gegensatz zu dem Heissa-nun-geht's-los-Gefühl angesichts vulgärer oder brutaler Bilder; so wie mich auch etwa laute Heiterkeit oder formale Belehrung oder eine verdeutlichte Absicht langweilen. Sehr.

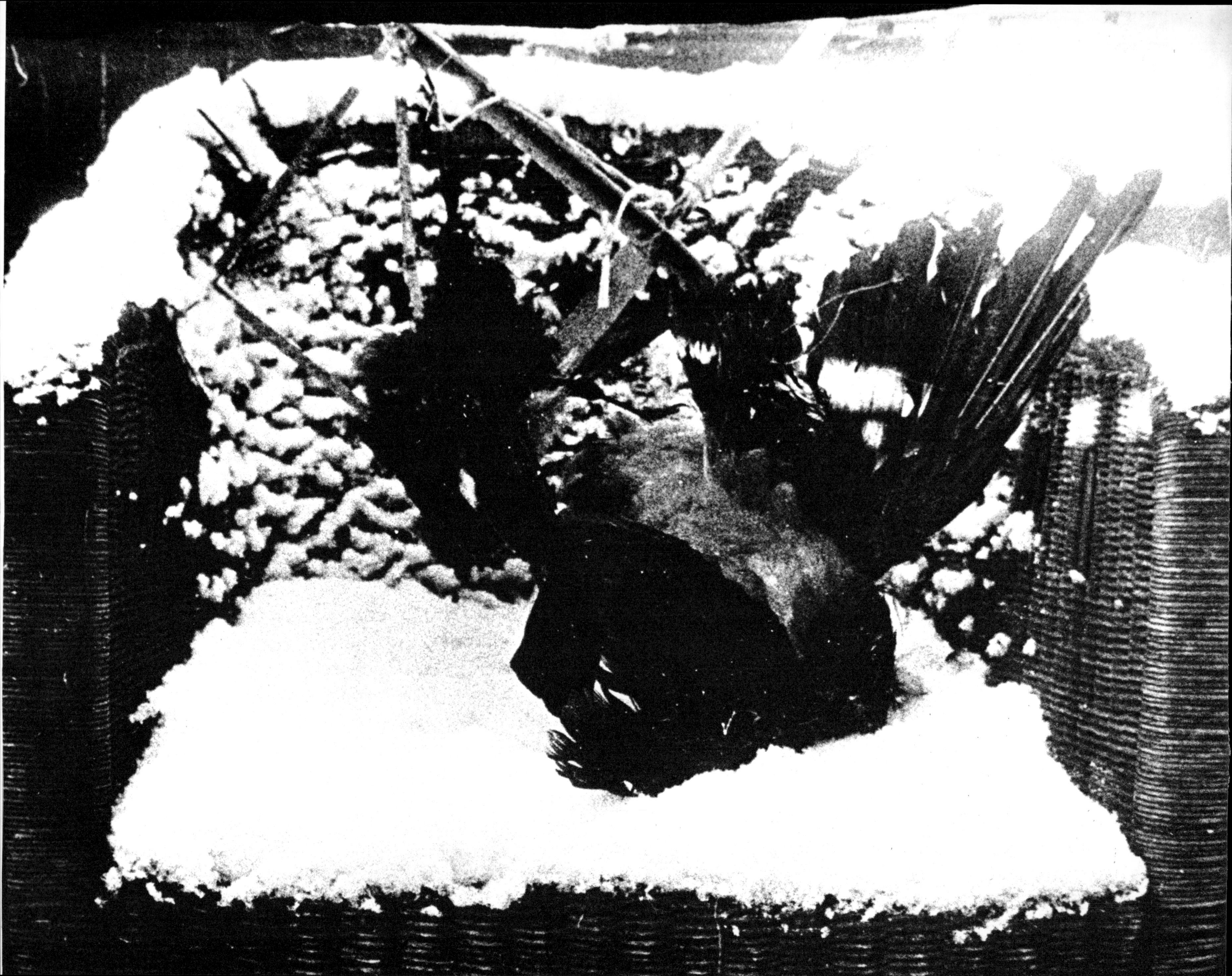

Und nun will ich Allesdieses in einer Schachtel verschließen, Schluß, und will mal sagen, daß dies ganze Zeugs natürlich auch aus einem ganz anderen Grunde zusammengekommen ist und so novemberig aussieht. Man käme sonst vielleicht gar nicht von dem Gefühl los, daß sich das Bishierher just so liest, als hätte es nur diese eine Richtigkeit. – Also die zweite Richtigkeit klingt so:
Ich war vergleichsweise ein Hund auf Ihren Spaziergängen. Und wie nun dem Hund die Hand am anderen Ende der Leine, die Hand, die ihn krault, die sich ihm verweigert, die ihn heranwinkt und auch wegscheucht etc. – wie dem Hund eben diese Hand der archimedische Punkt ist, der ihn überhaupt erst ins Verhältnis zum Apportierten setzt – so waren Sie, Madame, in diesem Fall der die oder das, was mich erst ins Vergnügen brachte – in die Lust an meinen Darbietungen und Apportationen – ich mich selbst apportierend eingeschlossen. Was immer auch an Willkür, Frivolität, List oder Gedankenlosigkeit, Vergnügen oder Sanftheit oder Liebe von dieser Hand ausging – eben diese Hand war's, auf die ich bei der Suche nach dem ganzen Sammelsurium schielte. Ergo ist die Ansammlung dieser abgezeichneten Dinge von Ihnen ausgewählt. So ist das; und damit Sie sich nun nicht etwa genieren, zumal Sie sich mit Recht sehr ungern verantworten, will ich Ihnen erstens sagen: ein Hund, wie verquer und toll und frei er sich auch dem unwissenden Betrachter darstellt, ein Hund, Madame, dem der erwähnte archimedische Punkt mangelt, ist kein Hund; kein Hund im Hundeverstand; er wäre ein armer Hund. Und zweitens dann: es gibt solche und solche Hunde. Und dafür jetzt dieser kleine Exkurs über einen bestimmten

Der Pudel

Brehms Tierleben. Originalausgabe bearbeitet von Dr. Adolf Meyer Hamburg 1927.
«. . . Der Hundeleib ist für die Zeichnung und Ausstopfung schon zu geistig . . . Nicht ein einziger Hund ist dem anderen weder körperlich noch geistig gleich. Jeder hat eigene Arten und Unarten, und manche haben ein so merkwürdiges Schicksal, daß ein solches sich wohl gar als Stoff für eine Biographie eignet. Ja – selbst im Sterben des Hundes kommen Eigenheiten vor. Nur wer kein Auge hat, sieht im Hund die ihm ursprünglichen und entstandenen Eigenschaften nicht. Und welche Verschiedenheit womöglich in einer und derselben Art. Der Pudel nämlich: er hat Eigenschaften, Sonderbarkeiten und geradezu Unerklärbarkeiten. Er ist bereits viel ohne Anleitung. Er lehrt sich selbst, ahmt den Menschen nach, drängt sich zum Lernen, liebt das Spiel, hat Launen, setzt sich etwas in den Kopf, will nicht lernen, tut dumm, empfindet Langeweile, will tätig sein, ist neugierig usw. Einige können nicht hassen, andere nicht lieben, manche beides zugleich. Einige können verzeihen, andere nie. Sie können einander in Gefahren und zu Verrichtungen beistehen und zu Hilfe eilen, Mitleid fühlen, lachen oder weinen oder Tränen vergießen, letzteres auch auf Befehl; zur Freude jauchzen, aus Liebe zum Herrn trauern, verhungern und alle Wunden für jenen verachten; den Menschen ihresgleichen weit vorziehen und alle Begierden vor den Augen des Herrn im Zügel halten oder schweigen. Der Pudel kann sich schämen, kennt Raum und Zeit vortrefflich, kennt die Stimme, den Ton der Glocke, den Schritt seines Herrn natürlich und die Art, wie sich jener schneuzt und räuspert. Kurz: er ist ein halber, ein zweidrittel, ein dreiviertel Mensch. Er benützt seinen Körper so gescheit wie dieser und wendet seinen Verstand für seine Zwecke vollkommen an. Doch mangelt ihm das letzte Viertel!

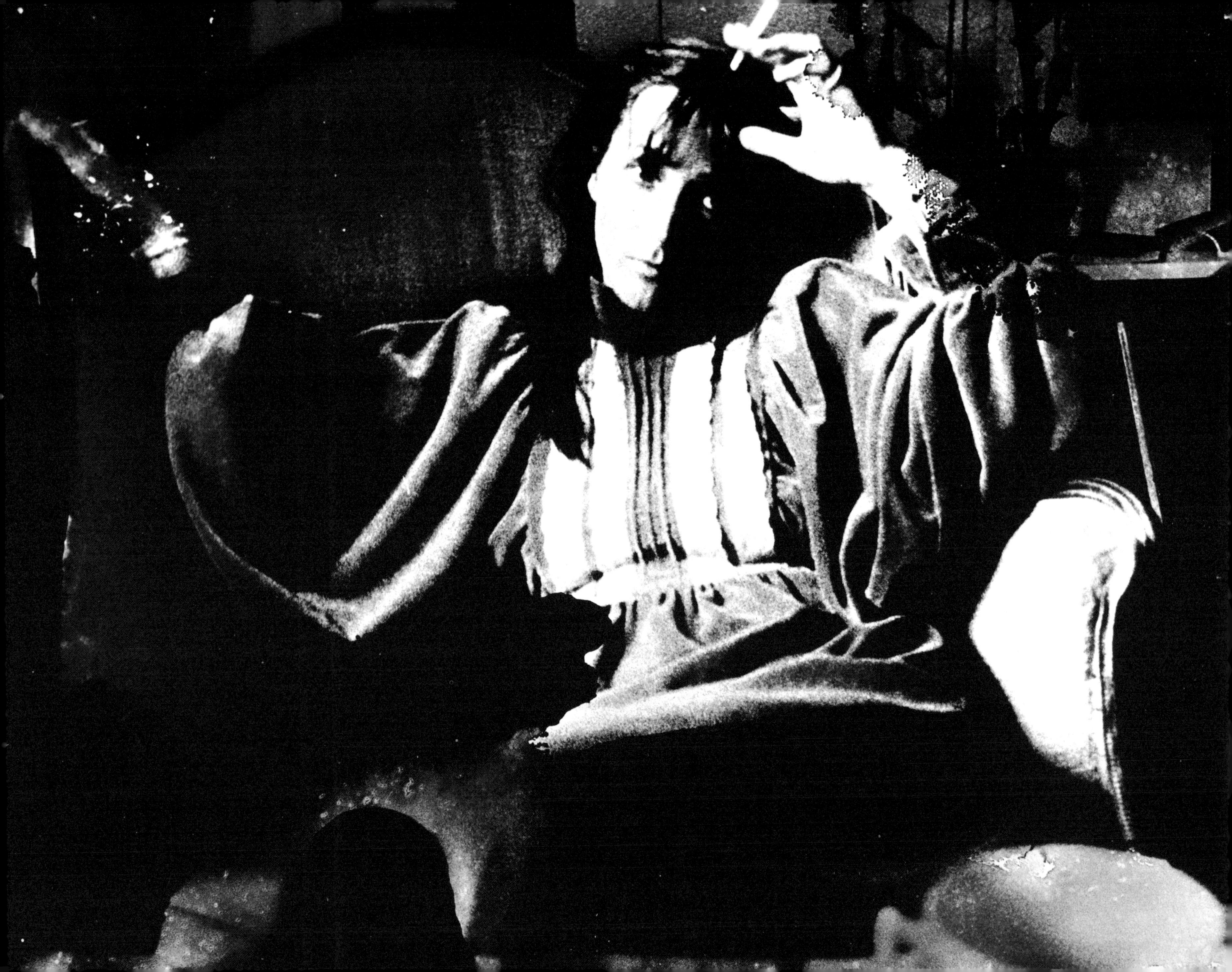

Der Mops ist dumm, langsam und phlegmatisch; der Metzgerhund bittergallig und blutdürstig; der Spitz heftig, jähzornig und engherzig. Der Spitz ist auf das Haus fixiert, der Metzgerhund aufs Tier, der Dachshund auf die Erdhöhle, der Windhund aufs Laufen; die Dogge auf den Herrn wie der Hühnerhund aufs Feldhuhn usw.

Nur der Pudel befreundet sich mit allem, mit der Katze – dem Gegenteil; mit dem Pferd – dem Gefährten; mit dem Menschen – dem Herrn; mit dem Haus – es bewachend; mit dem Wasser, aus dessen Tiefe er gern Steine heraufholt; mit dem Vogel des Himmels, zu dem er hoch hinaufspringt, ihn zu fangen; mit der Kutsche, indem er unter dieser herläuft.

Wie geschickt auch jeder Hund in seinem Speziellen sein mag und wie gelehrig – der Pudel lehrt sich selbst noch weit mehr. An ihm ist nichts Dummes oder nur, wenn er selbst es will; und nichts Schimpfliches ist an ihm, wenn er nicht verzogen wurde. Wenn man ihn nur ruhig seinem eigenen Genius überlassen hat, so ist der Pudel von Natur aus gut; jeder schlechte ist durch Menschen schlecht gemacht worden . . .»

Soweit, so Brehm – den ich mir zu gern als Biographen wünschte.

Madame! Zum Schluß und zu Ihrer gänzlichen Beruhigung quasi noch schnell einen Blick aufs Publikum: da gibt es doch Hunde – so töricht wie ihre Herrschaft. Sollte das Publikum also auf das hier für sie Apportierte auch nur halbwegs verächtlich herabblicken und das ganze Sammelsurium als das eines charakterlosen Hundes ansehen, – lassen Sie es sich gebellt sein: hundertmal lieber ein eklektisches Durcheinander als die einstudierte Aufrichtigkeit oder Aufgerichtetheit eines Mopses, dessen Herr mal einen Lipizzaner gesehen hat.

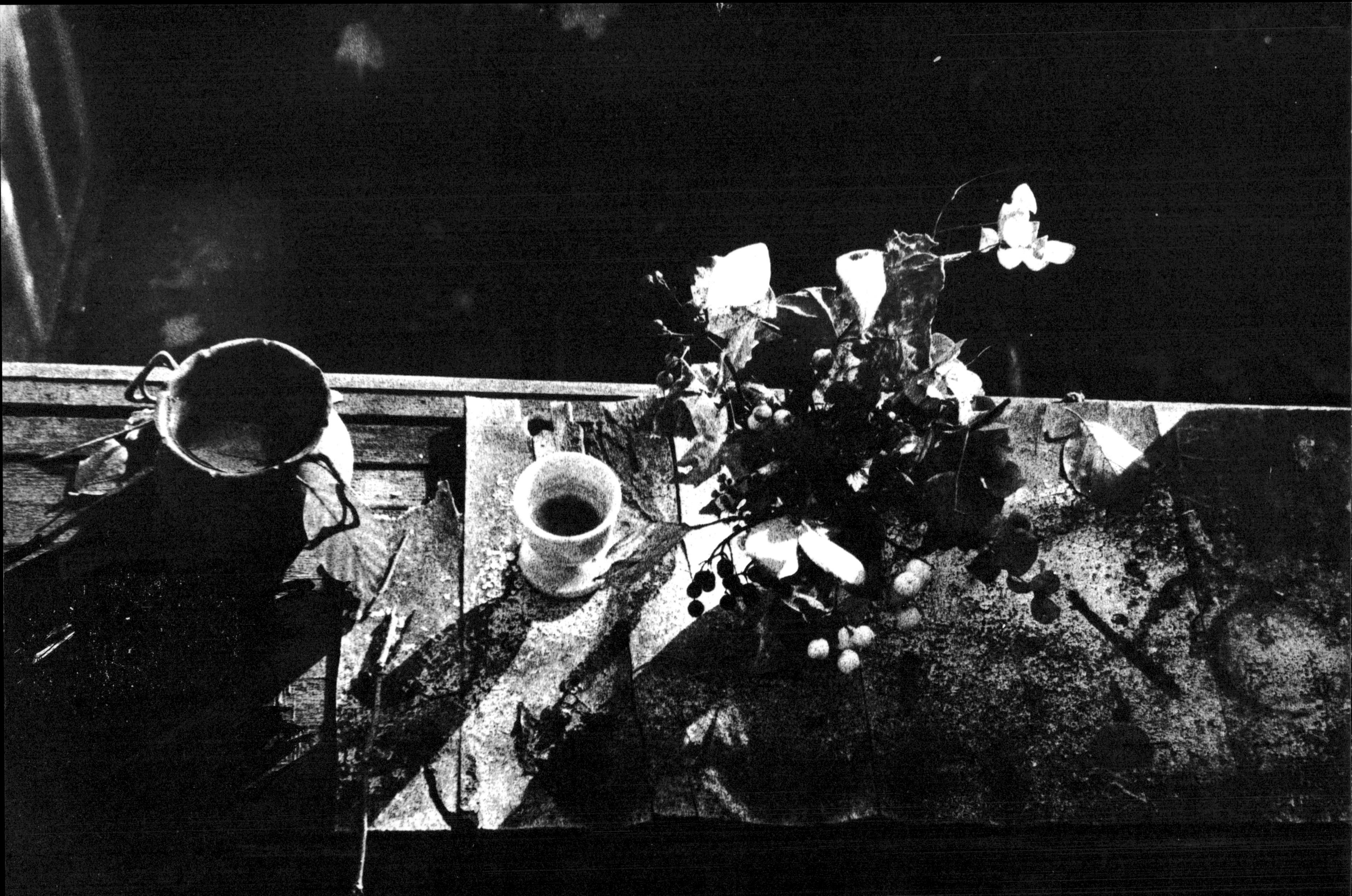

Kompositionslehre

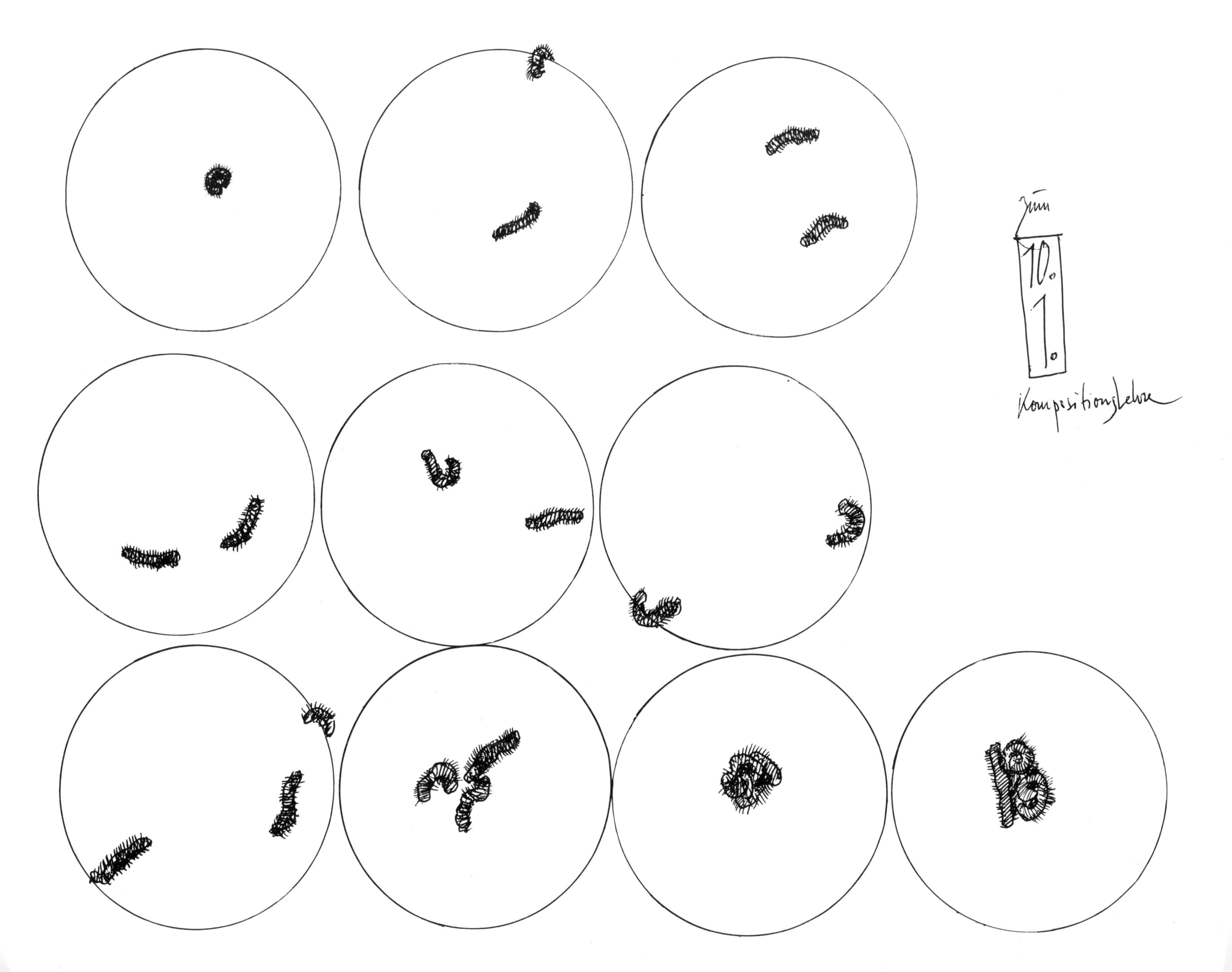

für einen langen Weg
soll man langsam
gehen

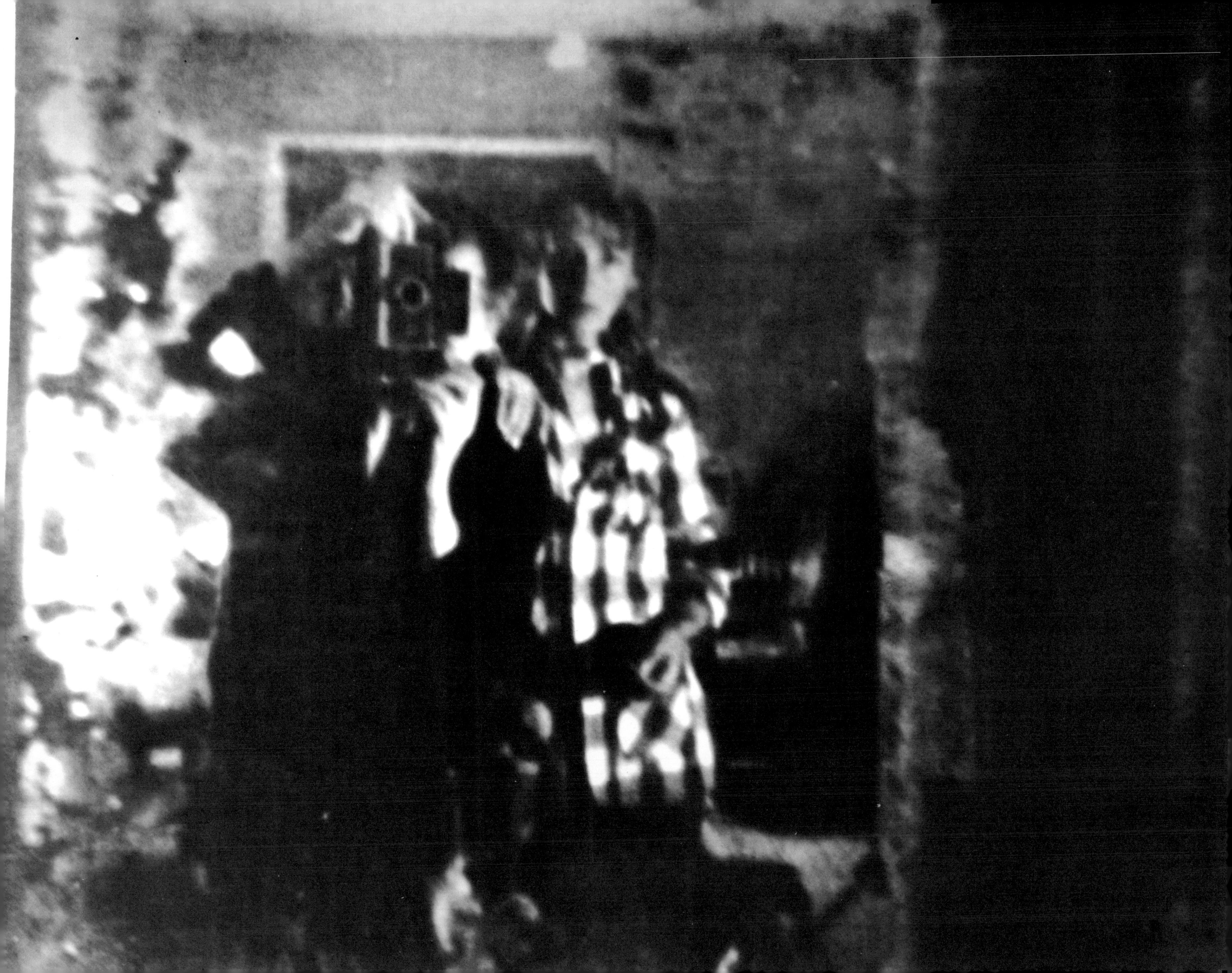

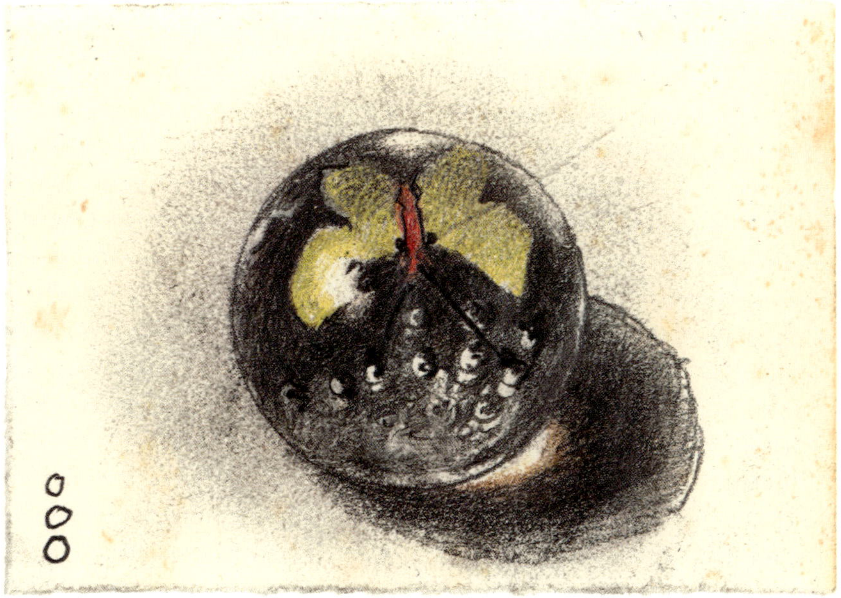

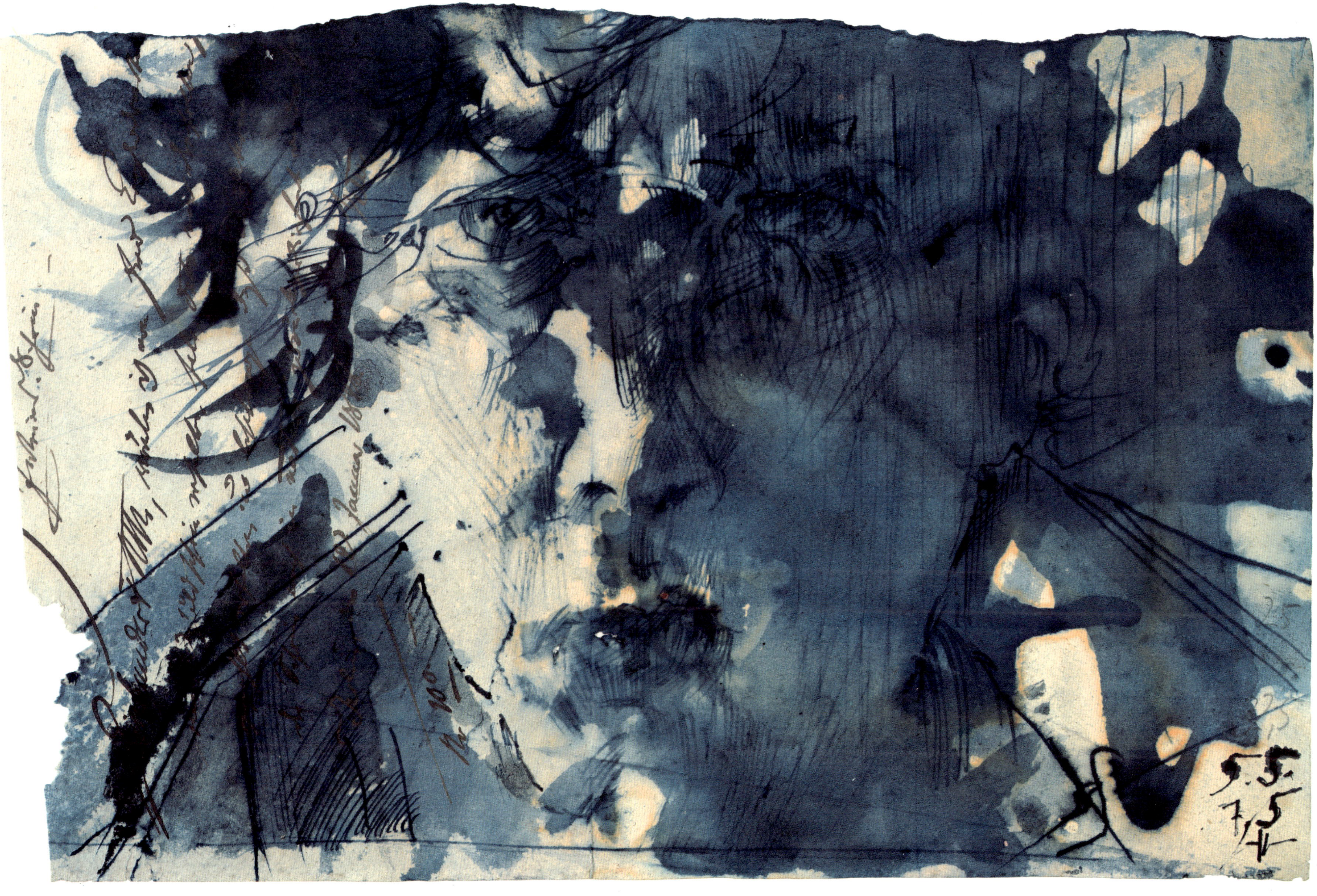

von B's Tisch

Moorfleth am 2...

Form. 50a.   C. c.

Standesamt № 5.

Sterbe-Urkunde.

Gebühr bezahlt.
Einn. Reg. №

Nr.

.... am ... May 1899

Vor dem unterzeichneten Standesbeamten erschien heute der Persönlichkeit nach ....
.... kannt,
Emma Anna ....

Gebühr
bezahlt
40

1174
7H-

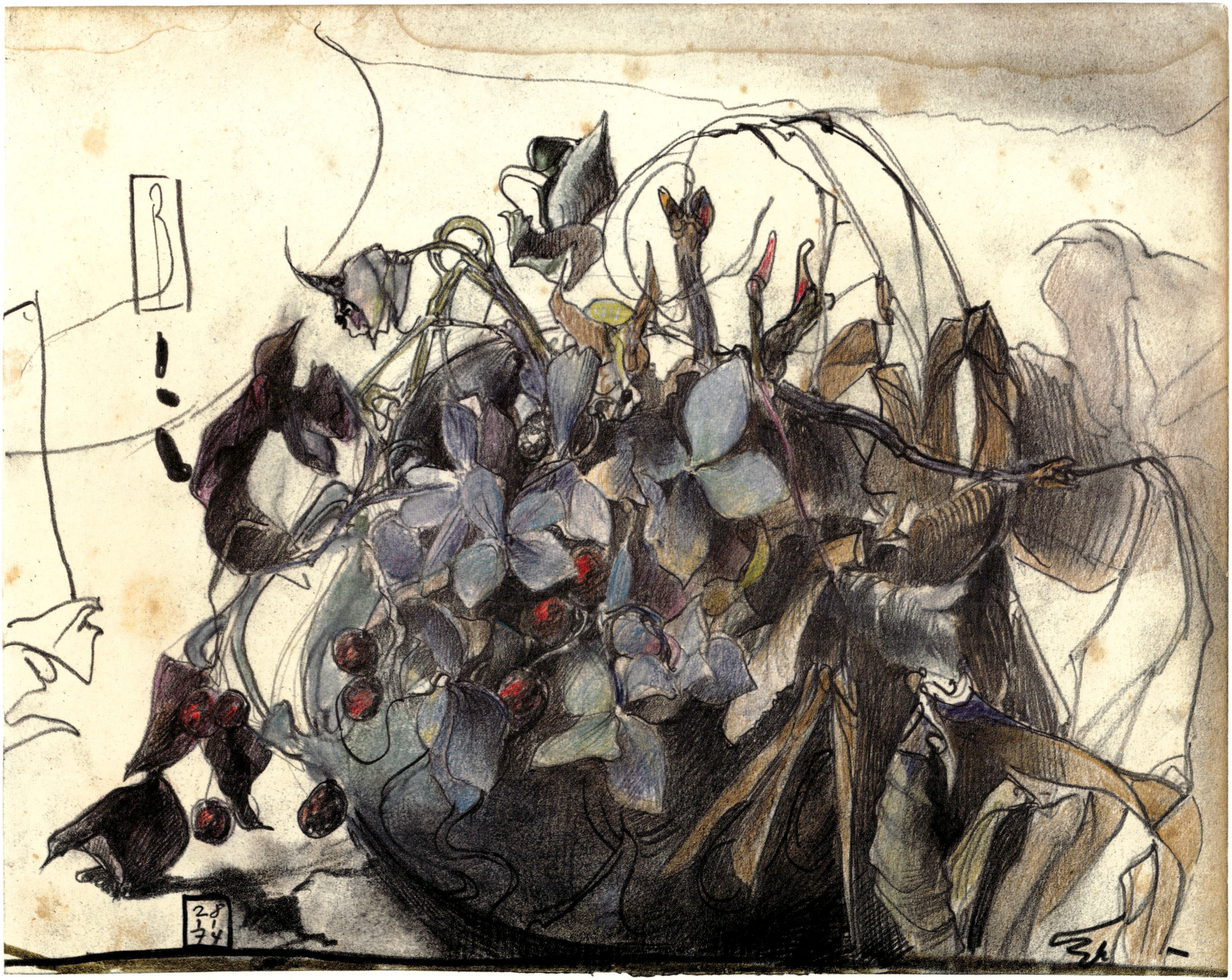
28
1
74

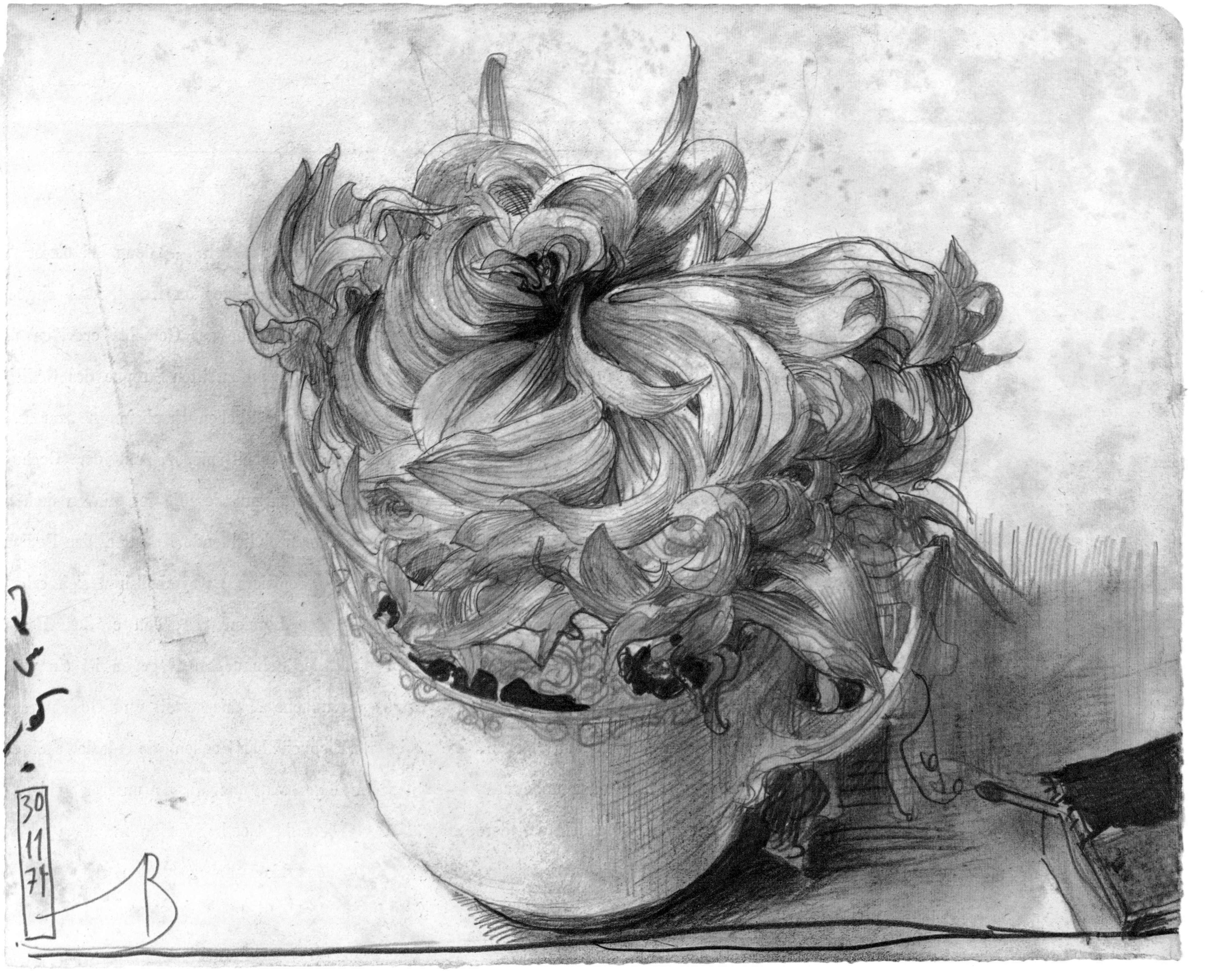
30
11
74

Druckerei v. C. Kruthoffer, Frankfurt a. M.

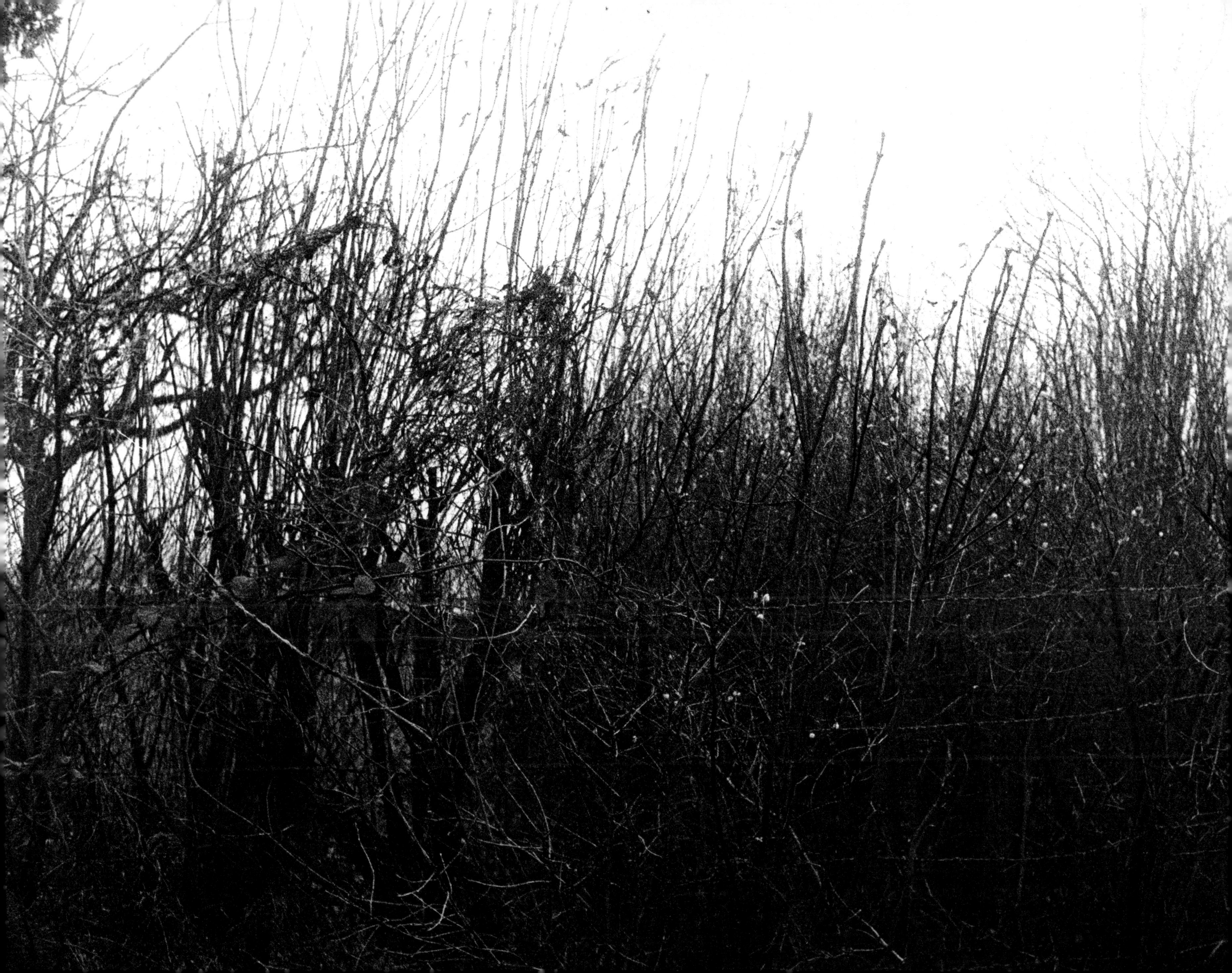

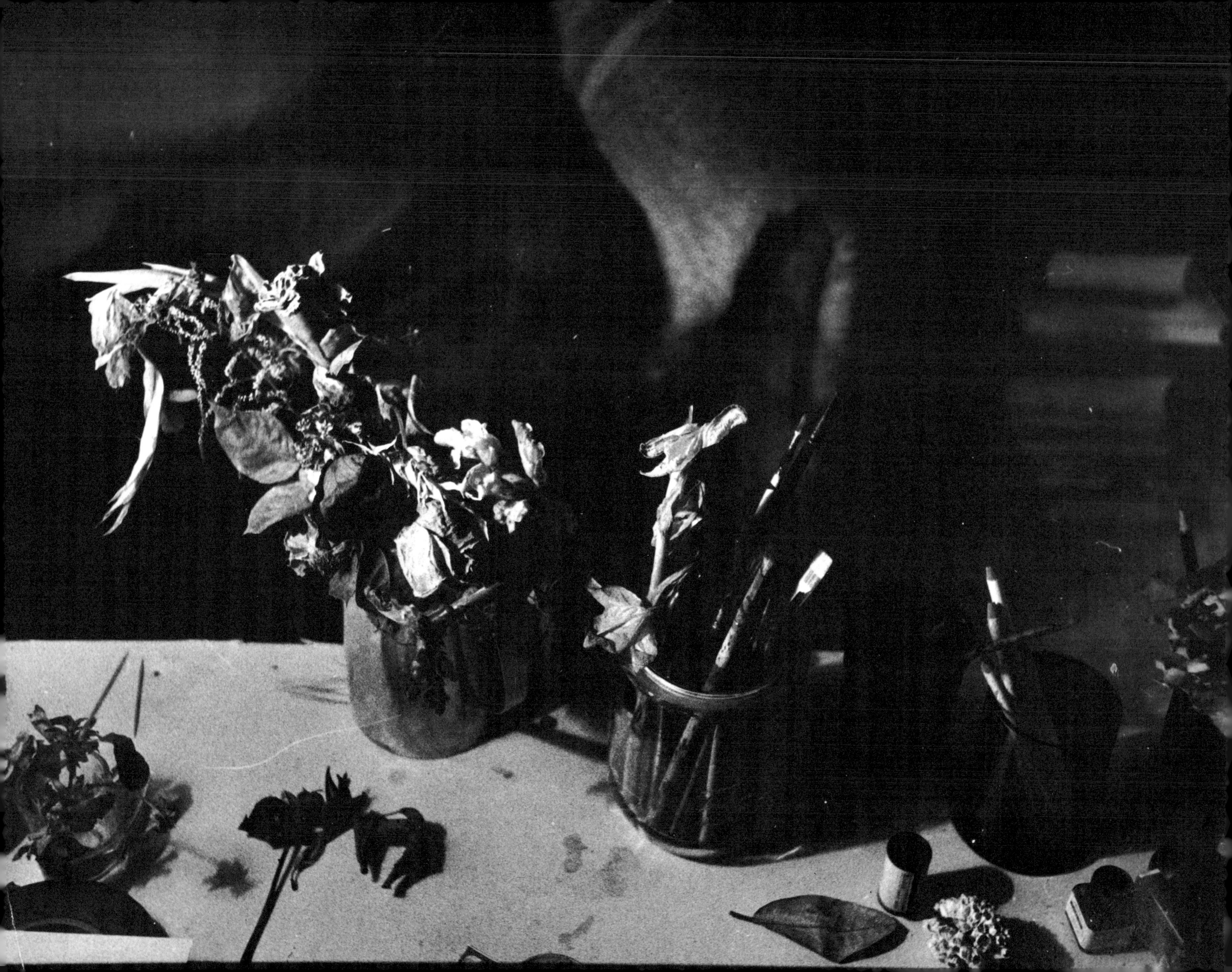

10174

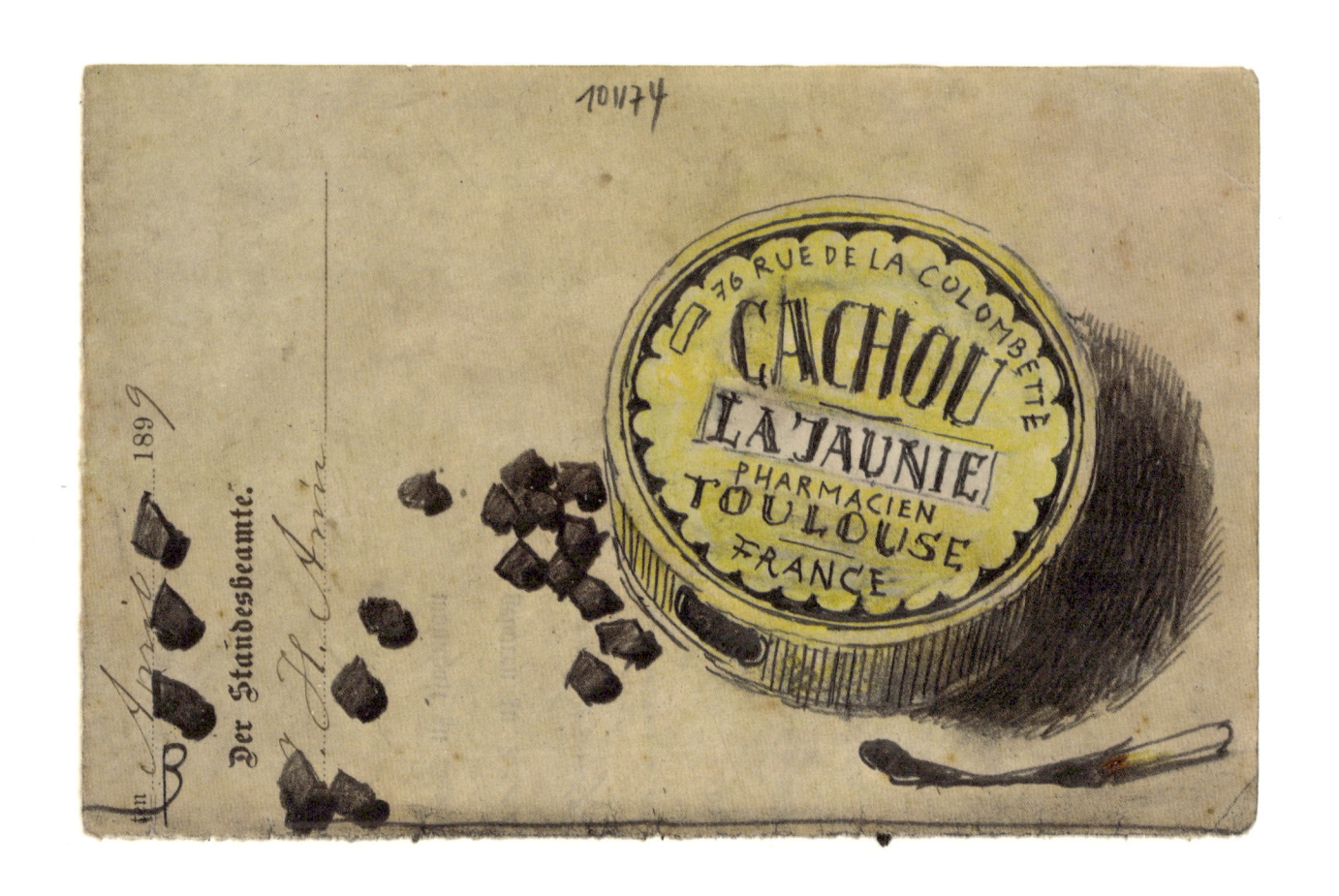

76 RUE DE LA COLOMBETTE
CACHOU
LA JAUNIE
PHARMACIEN
TOULOUSE
FRANCE

Der Standesbeamte.
1899

Das Eine ist das Andere

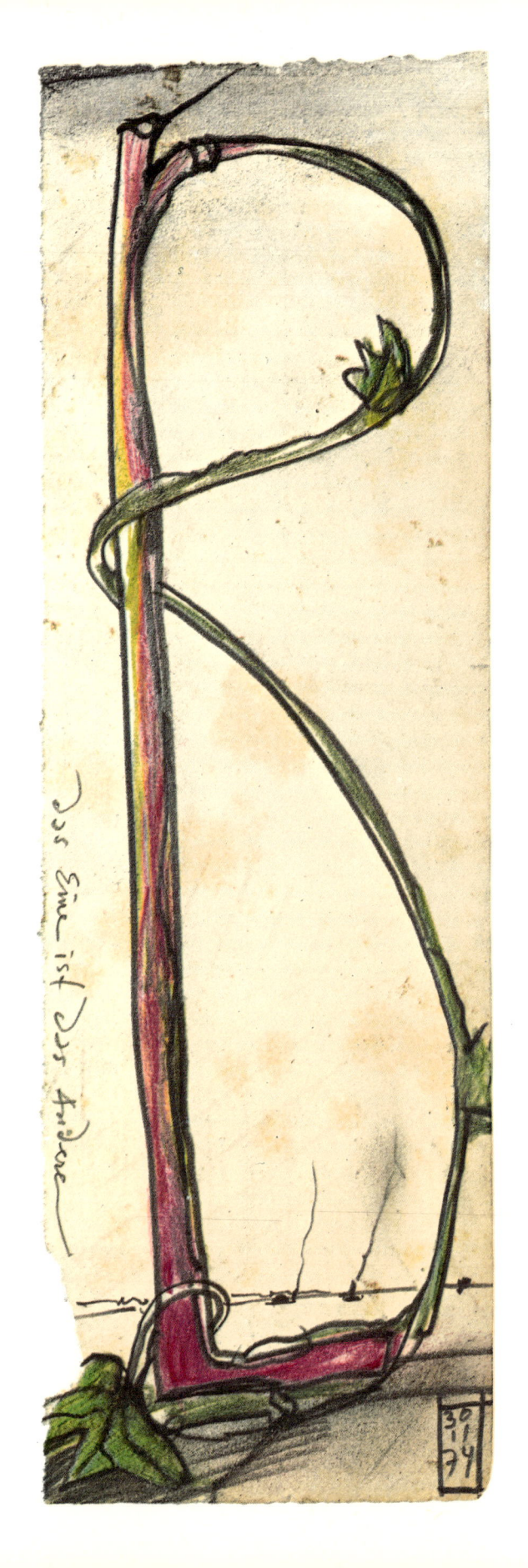

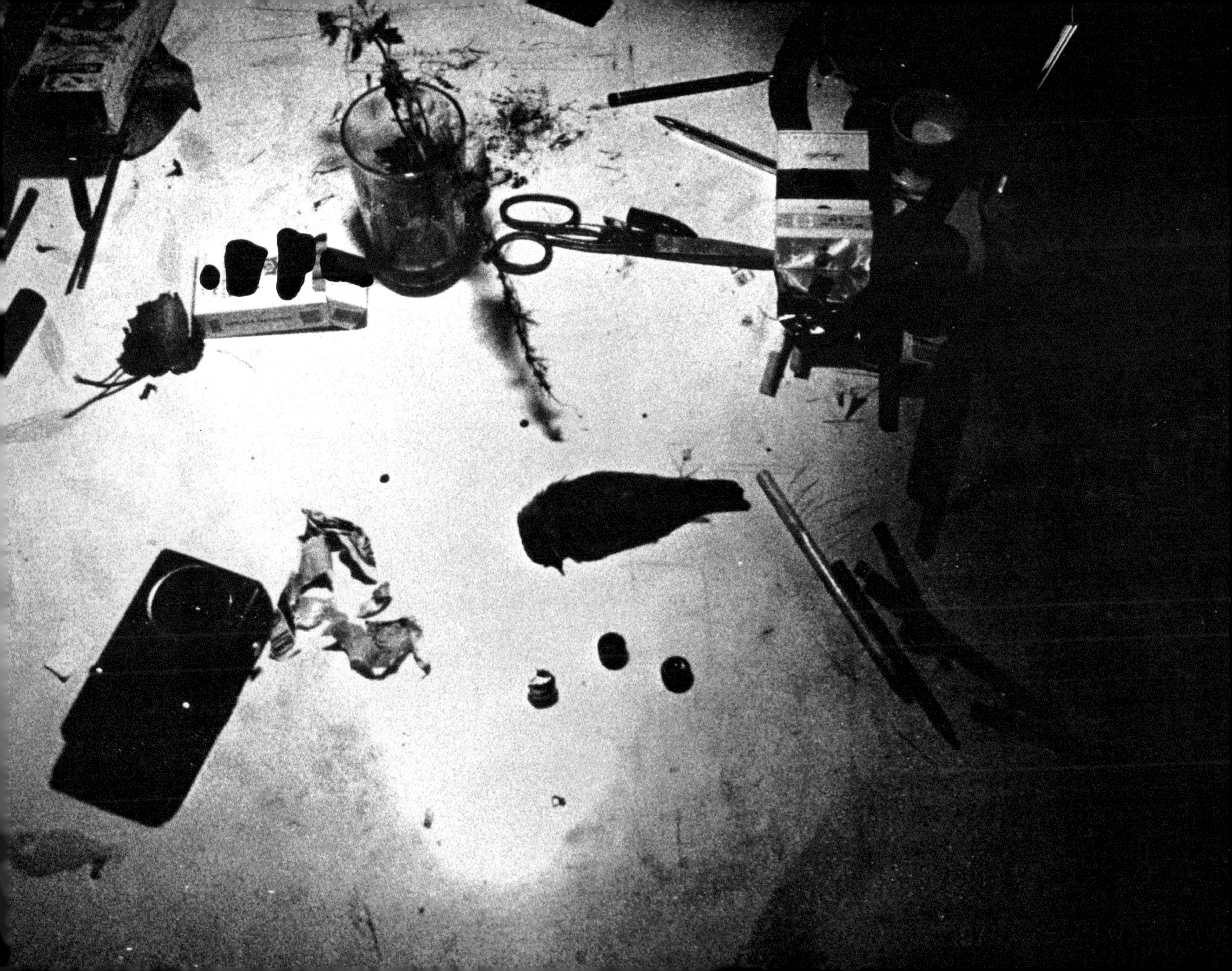

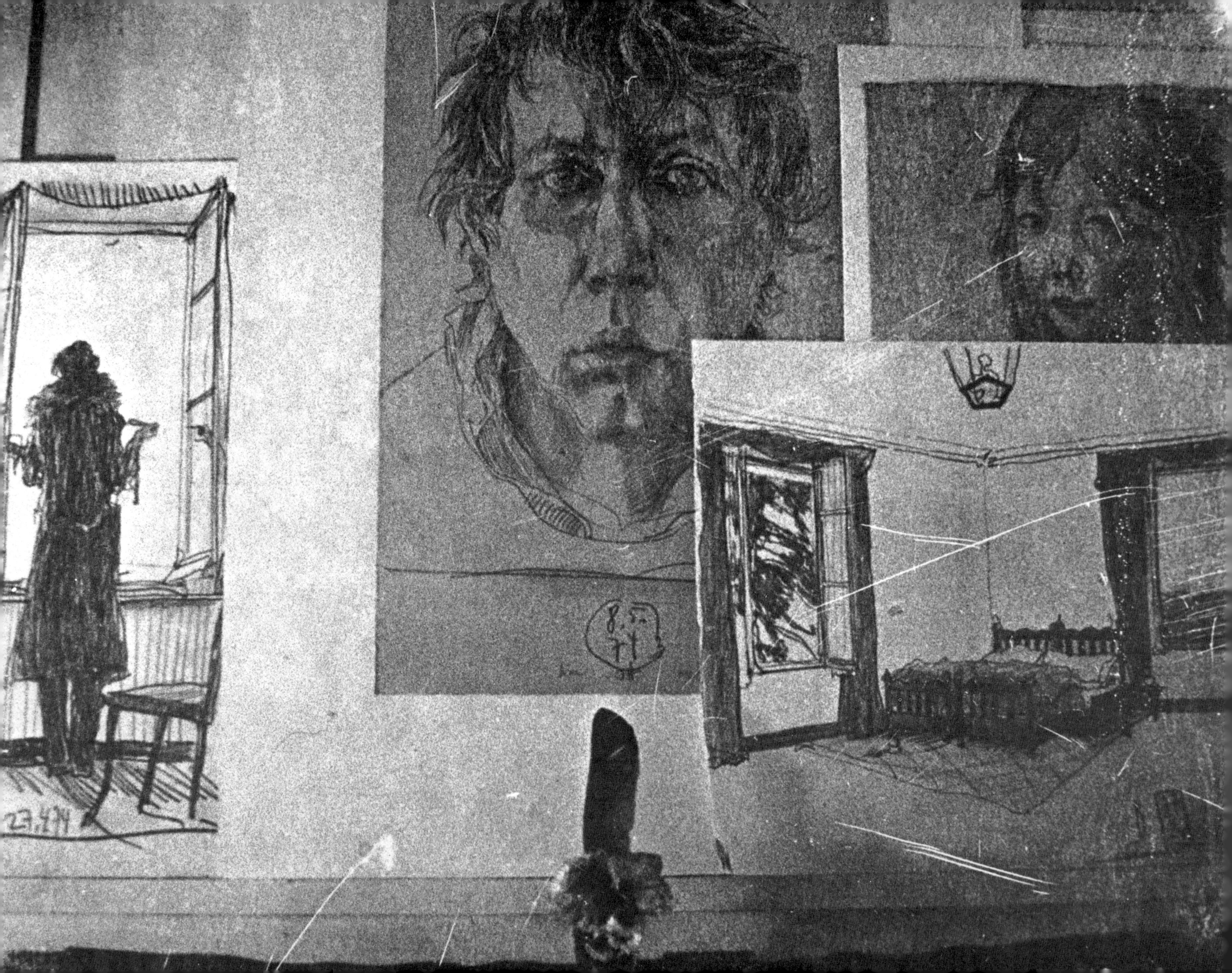

ferde ferde

GUTE NACHT

wir sind hier

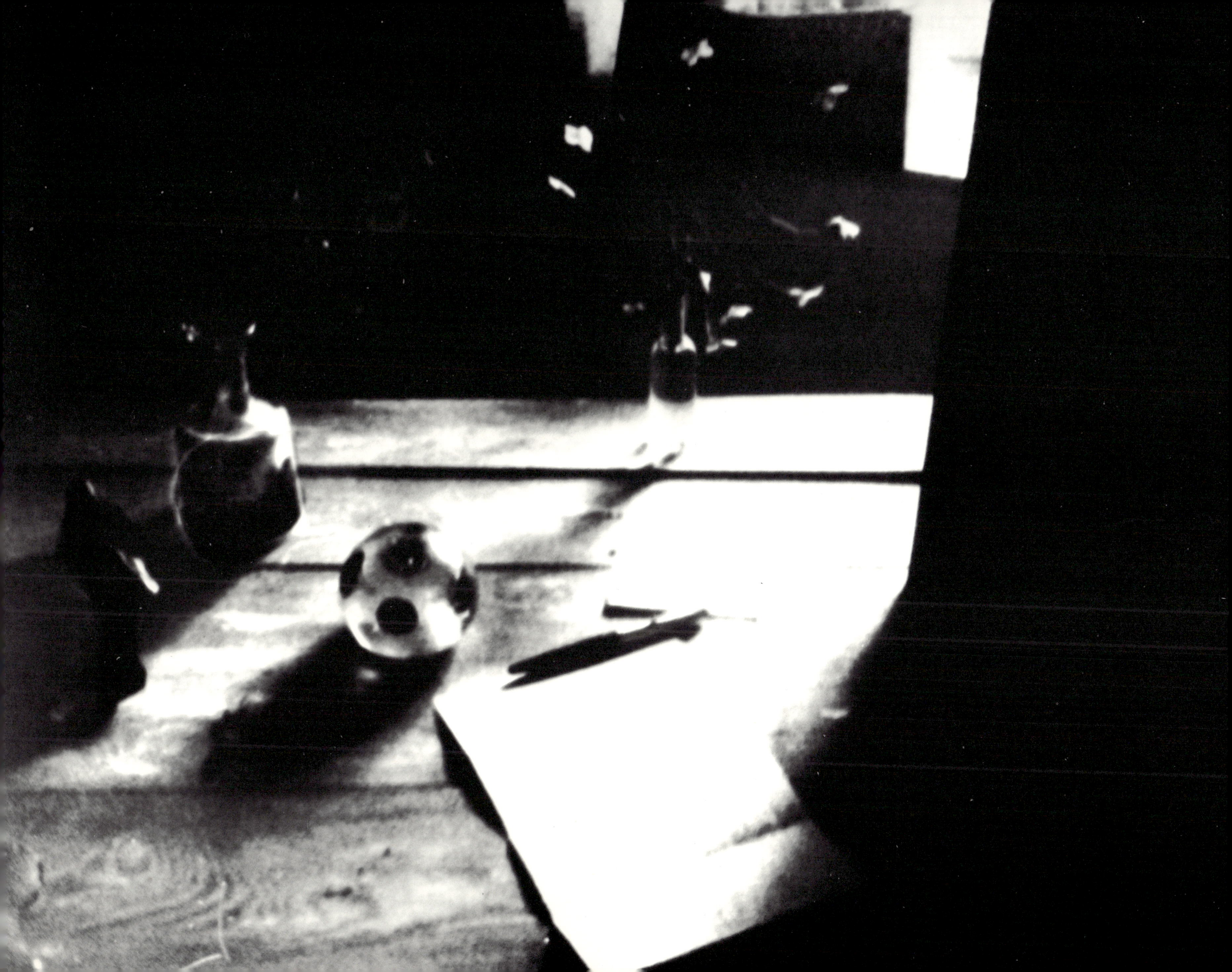

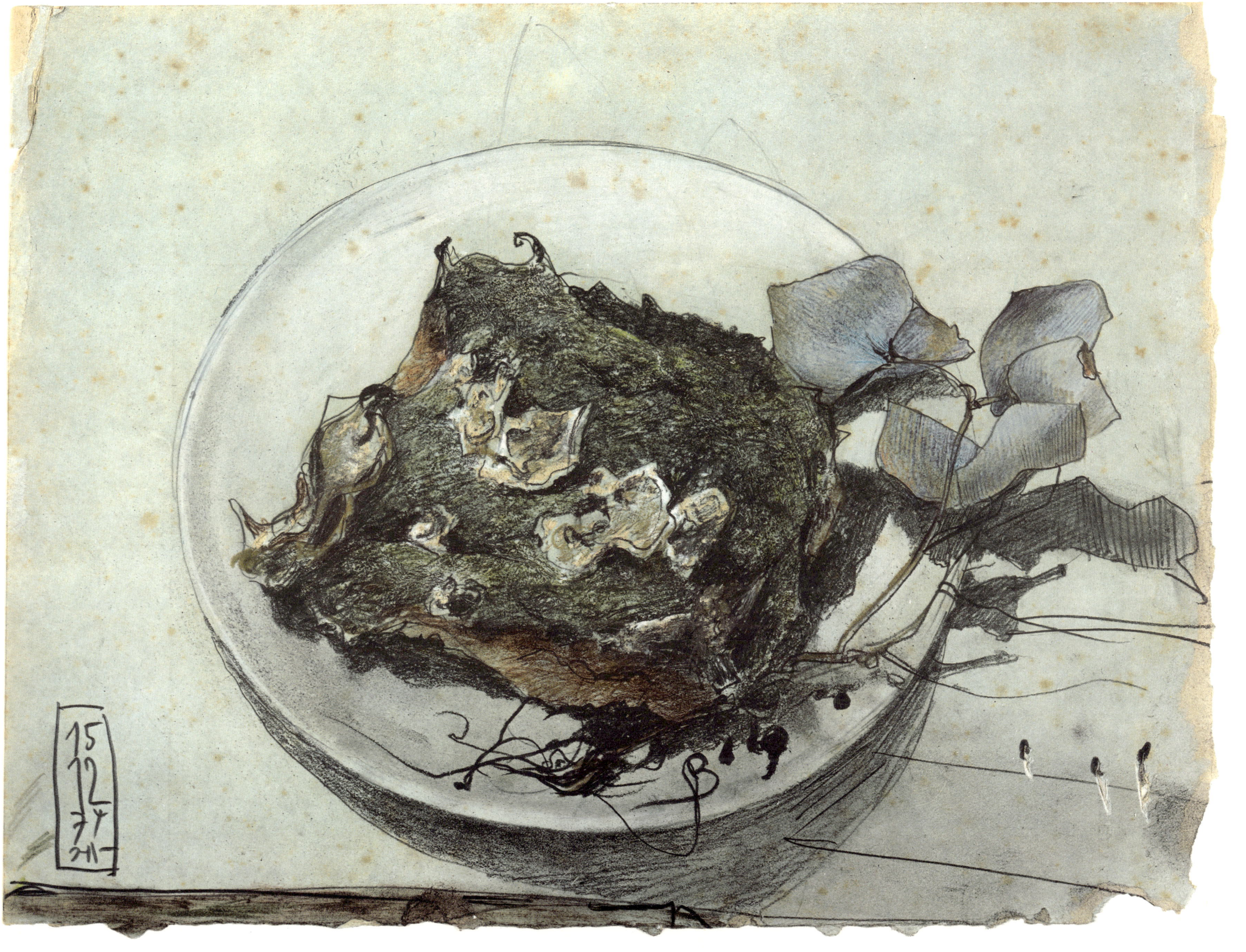

Sie liebt
das kleine
Klavier

nichsayer

1.11.74

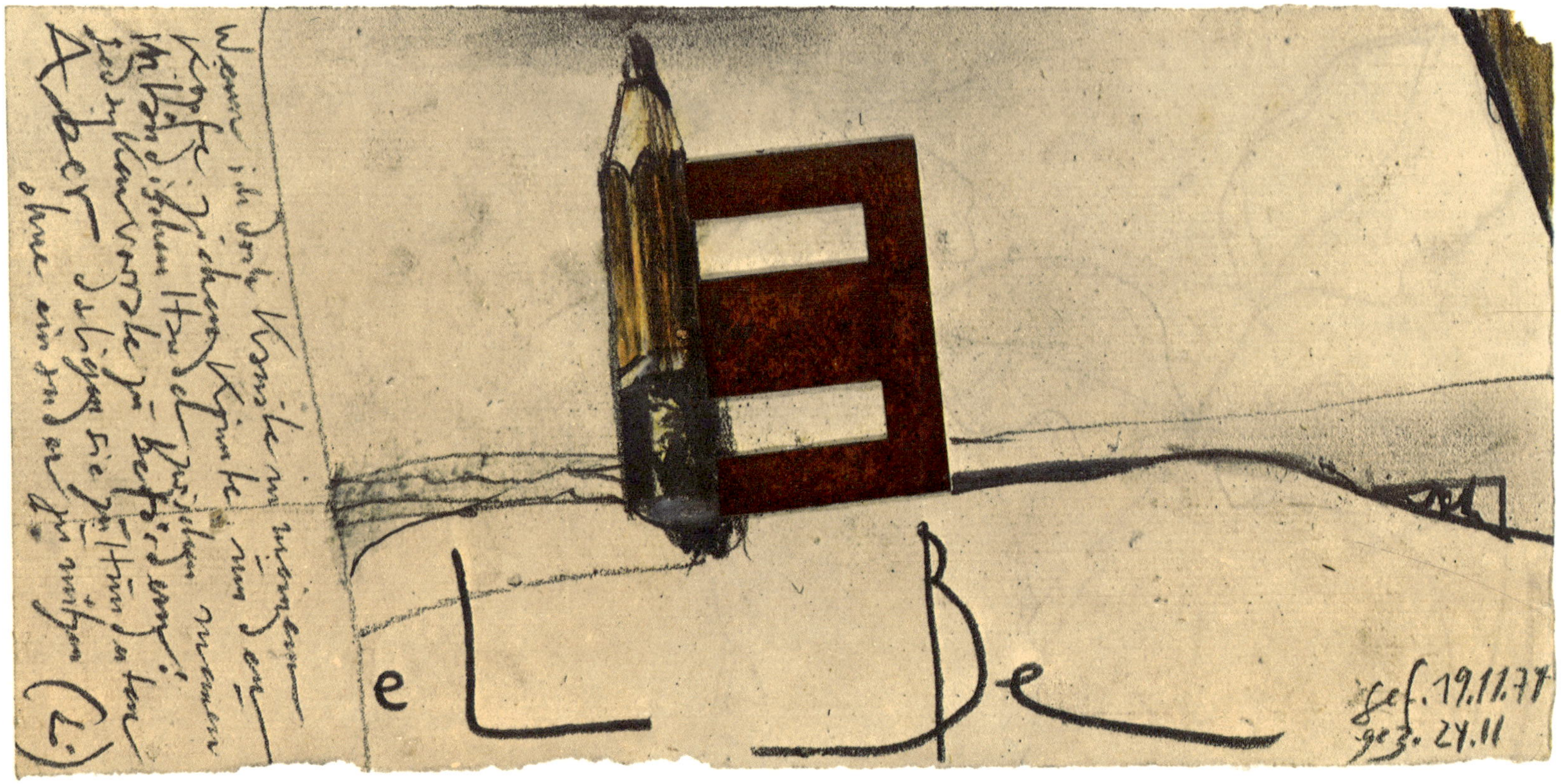

وصلى الله على سيدنا محمد وآله وصحبه

اجمعين

سيدنا المولانا العالم العلامة الوحيد الفريد بن عبد...

Guten Morgen ich bin dir vollkommen sicher

das Wort
Entbindung
ist zweideutig:
es kann auch den
Tod bedeuten

(Lichtenberg)

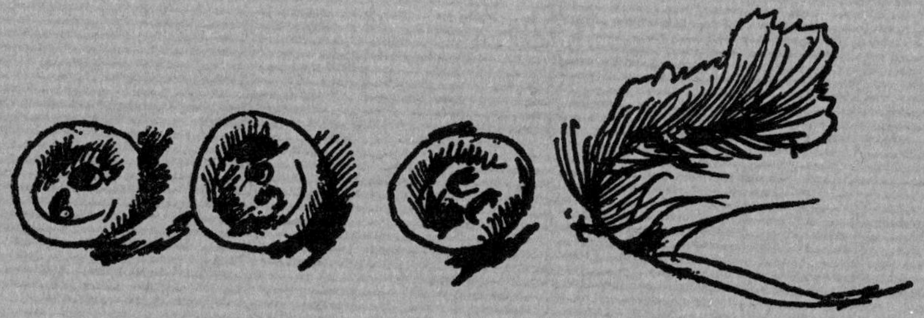

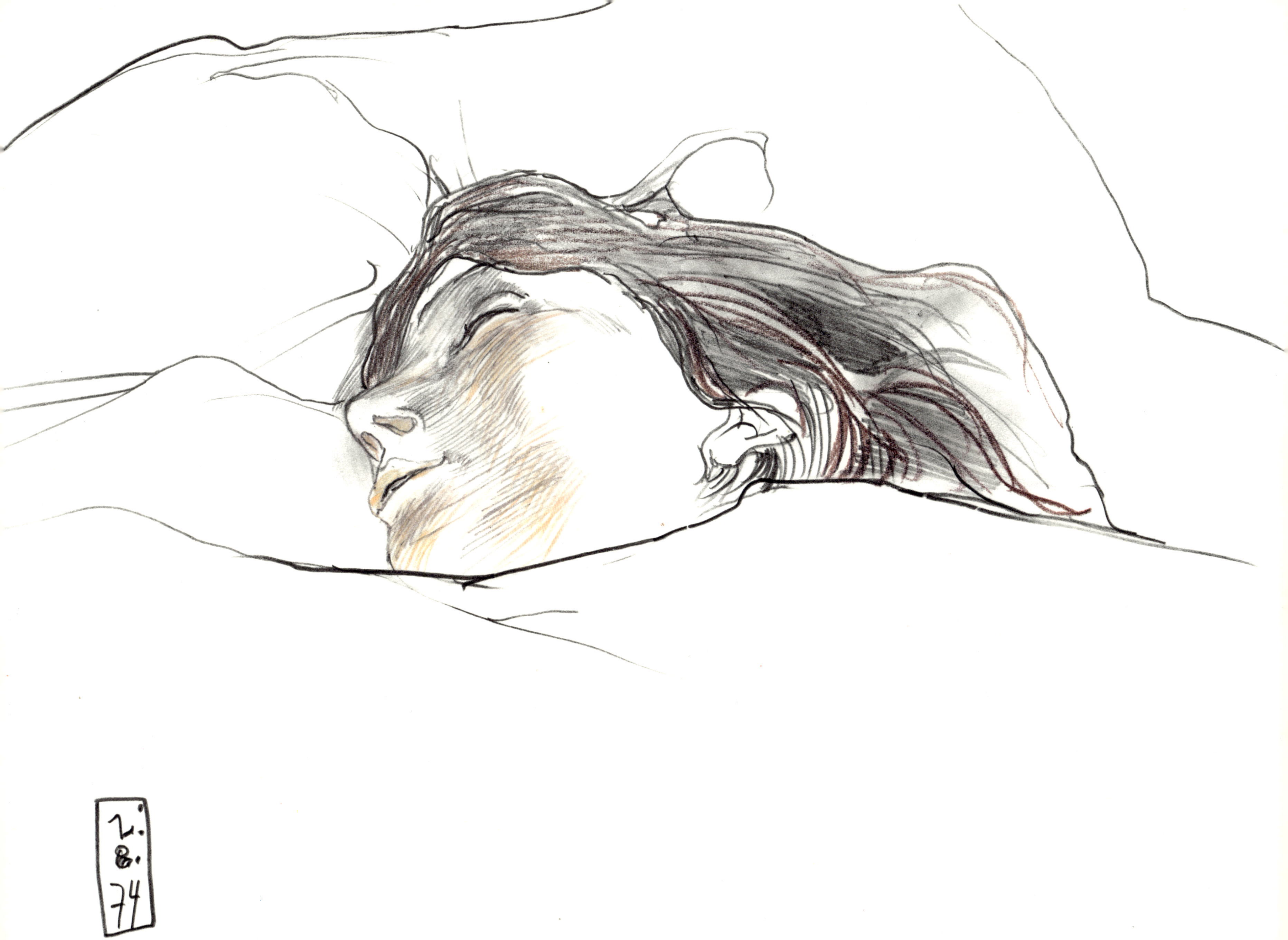
2. 8. 74

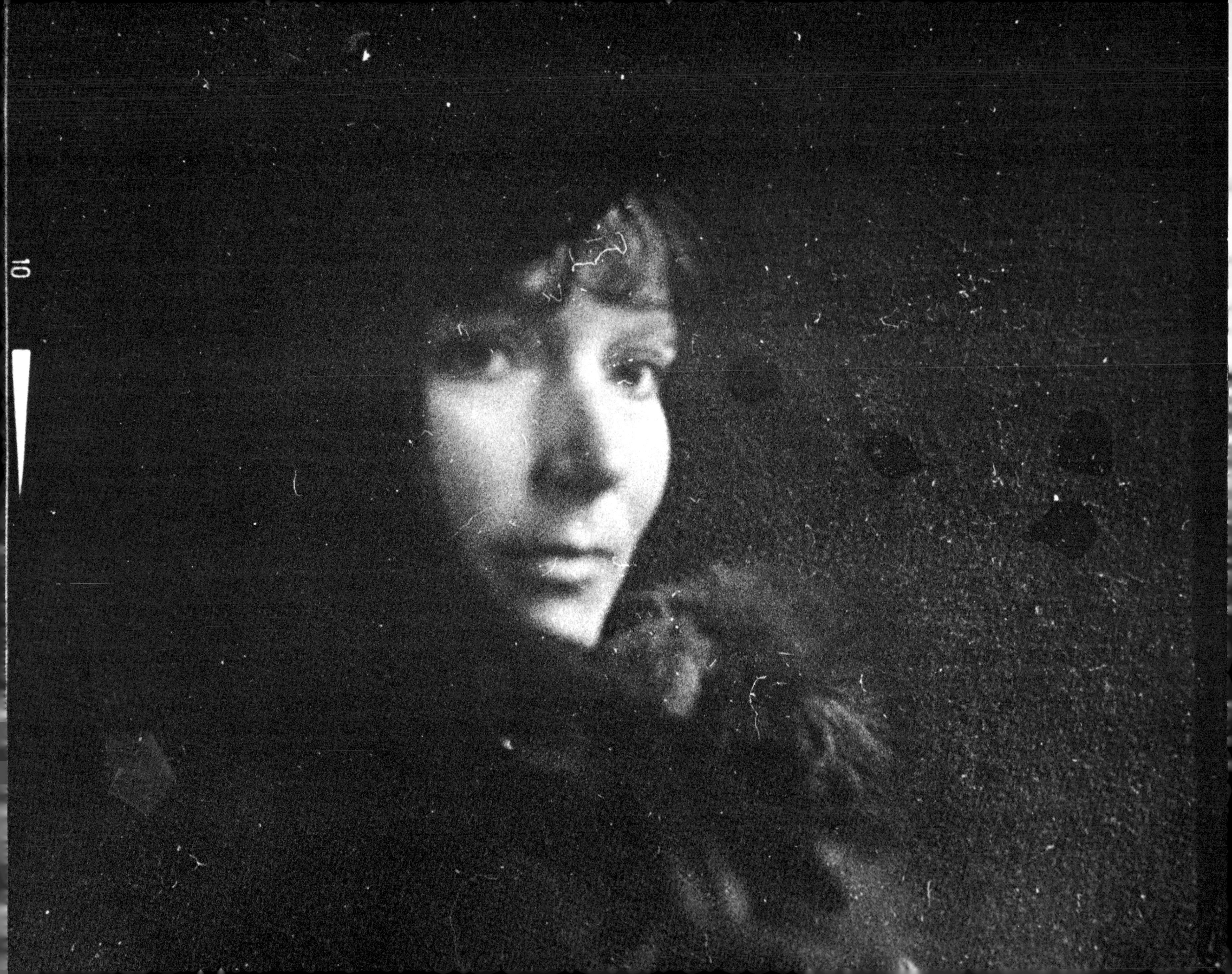

29
11
74

so
: is das :
sepsis
hysterie
zustoit
Blüten
noja

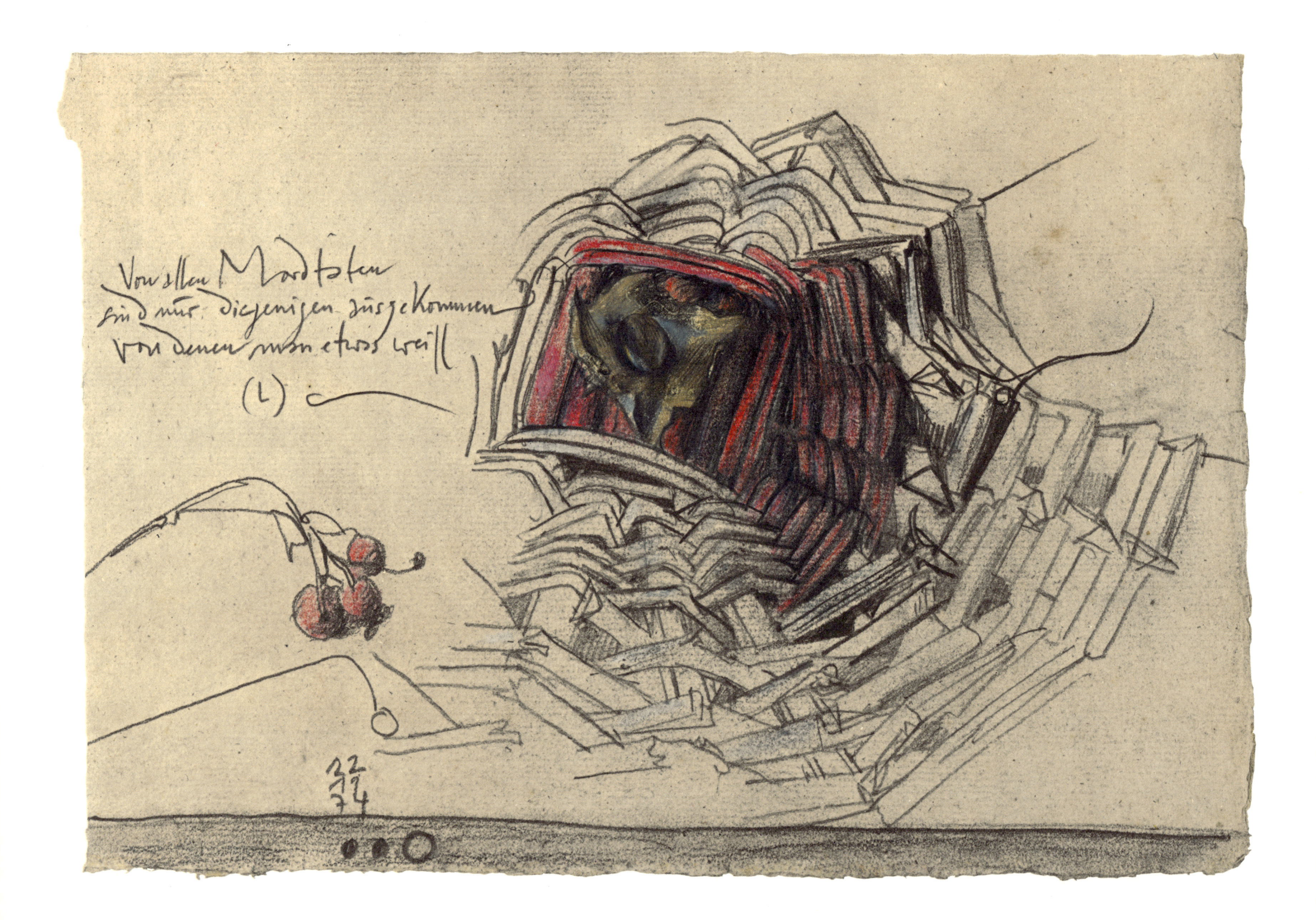

Von allen Mordtaten
sind nur diejenigen ausgekommen
von denen man etwas weiß
(L)

Wenn nur der Scheidepunkt erst überschritten wäre! Mein Gott, wie verlangt mich nach dem Augenblicke, wenn die Zeit für mich aufhören wird. — Zeit zu seyn, in dem Schoss des M. Alles und Nichts worin ich damals schlief, als der Heinburg angespült wurde, als Epiktet Cäsar, Lukrez lebten und schrieben und Spinoza die grössten Gedanken dachte, die noch in eines Menschen Kopf gekommen ist.

Lichtenberg

15.11.74

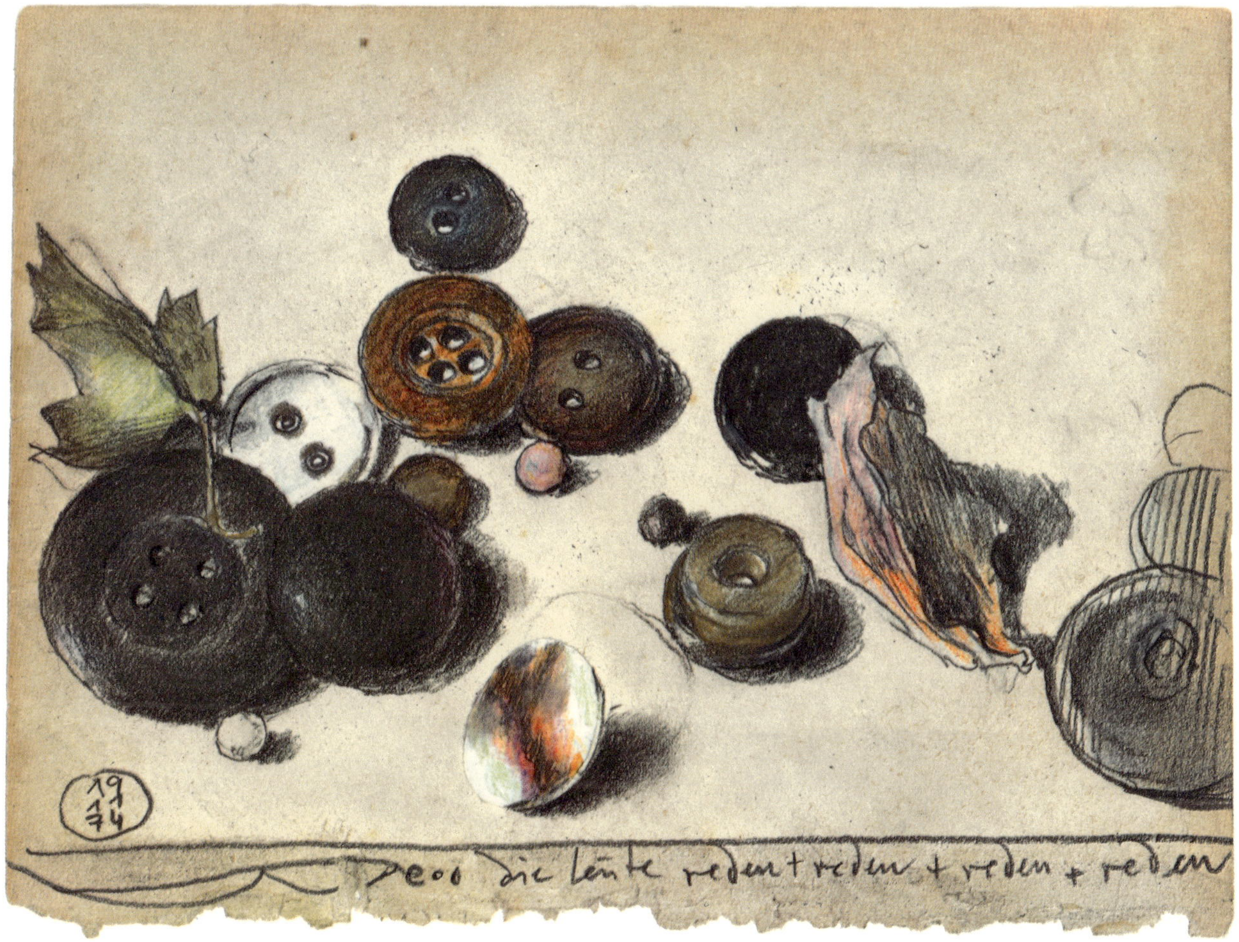
19 11 74
Denn die Leute reden + reden + reden + reden

(WDS) eine feste Burg ist

15.12.74 J-H

nichtlicher Versuch, den r. Daumen zu retten

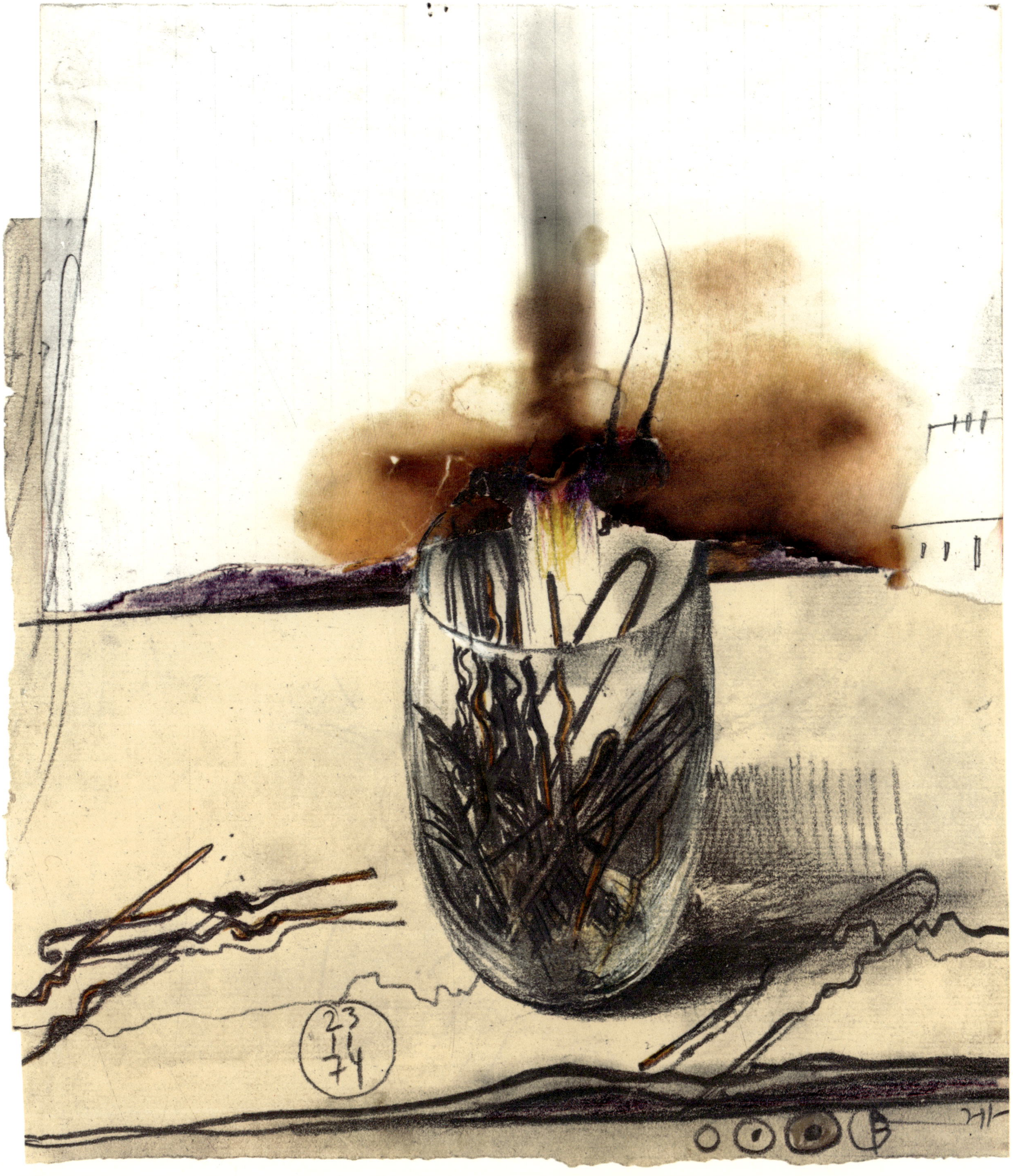
23
11
74

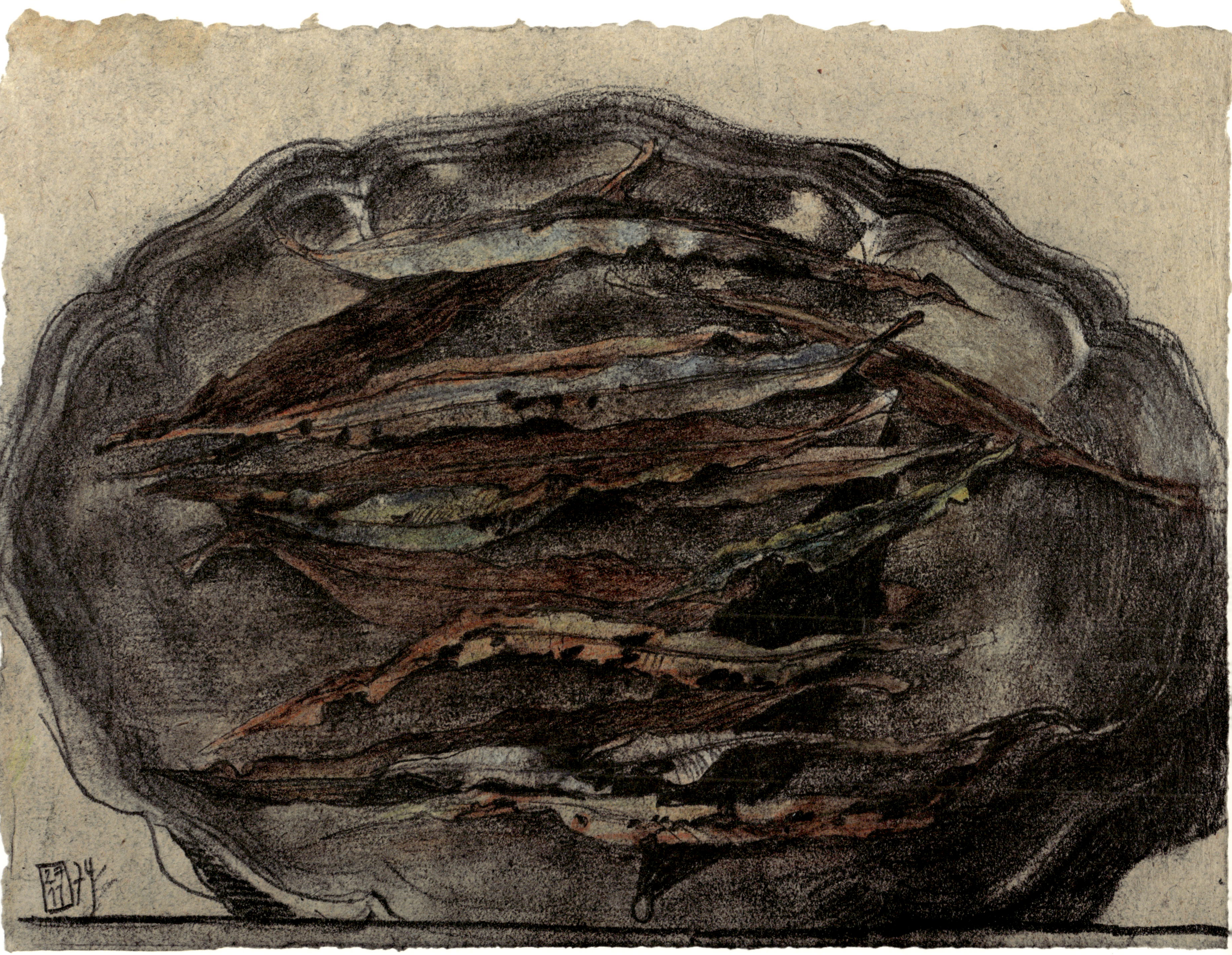
29
11
74

Wunderschöner Tag. 13.12.74.

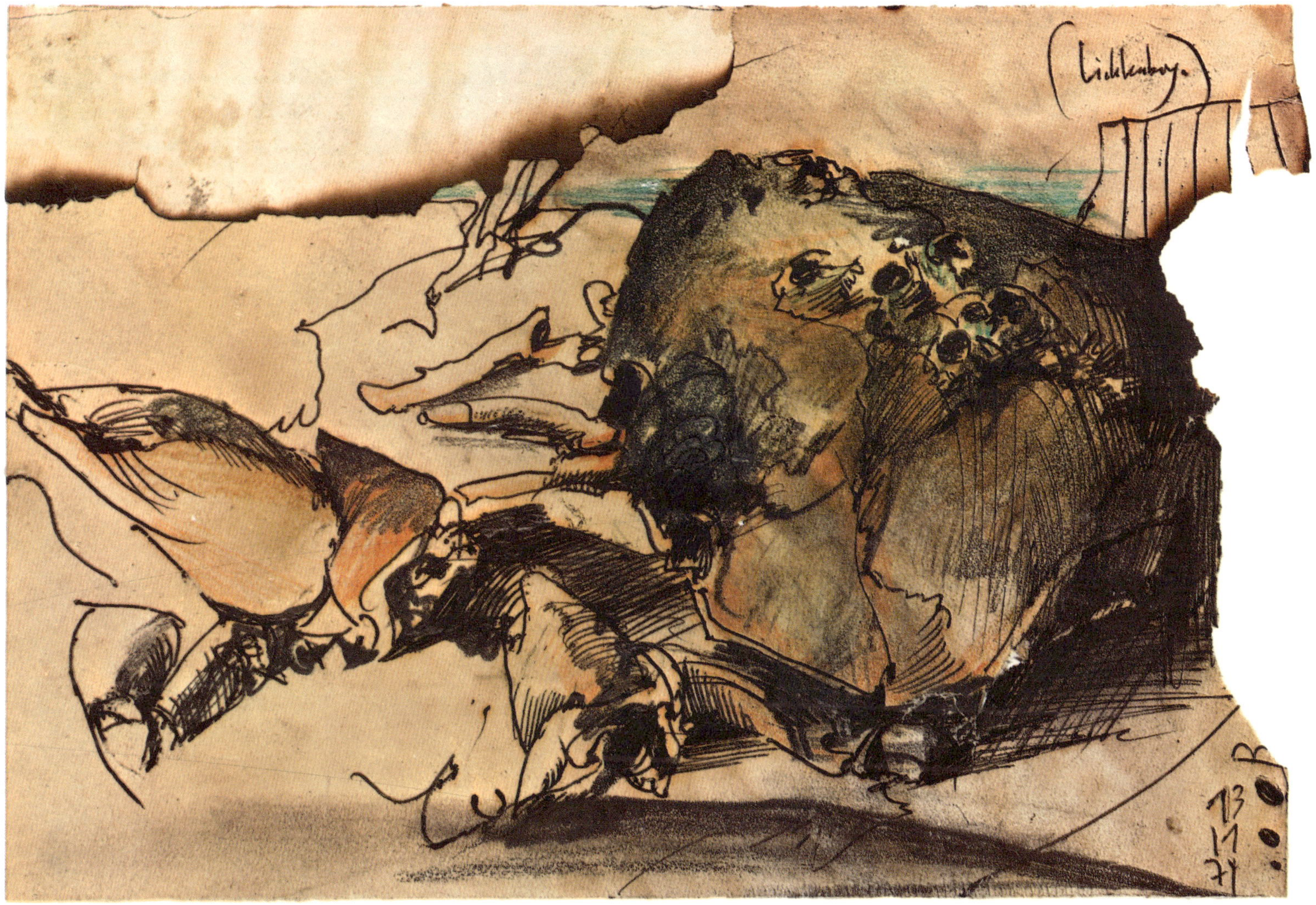
(Lichtenberg.)
13
11
71

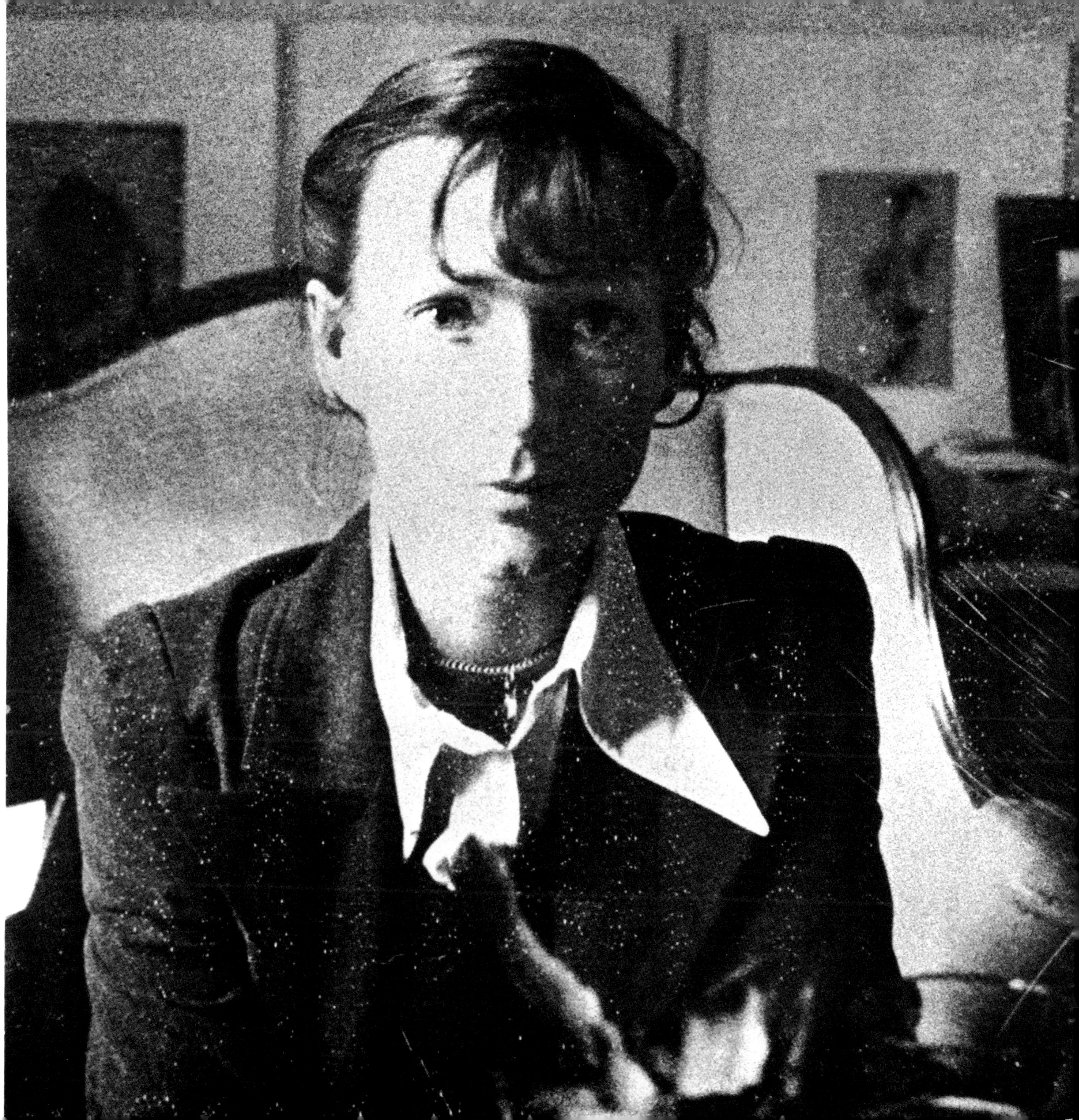

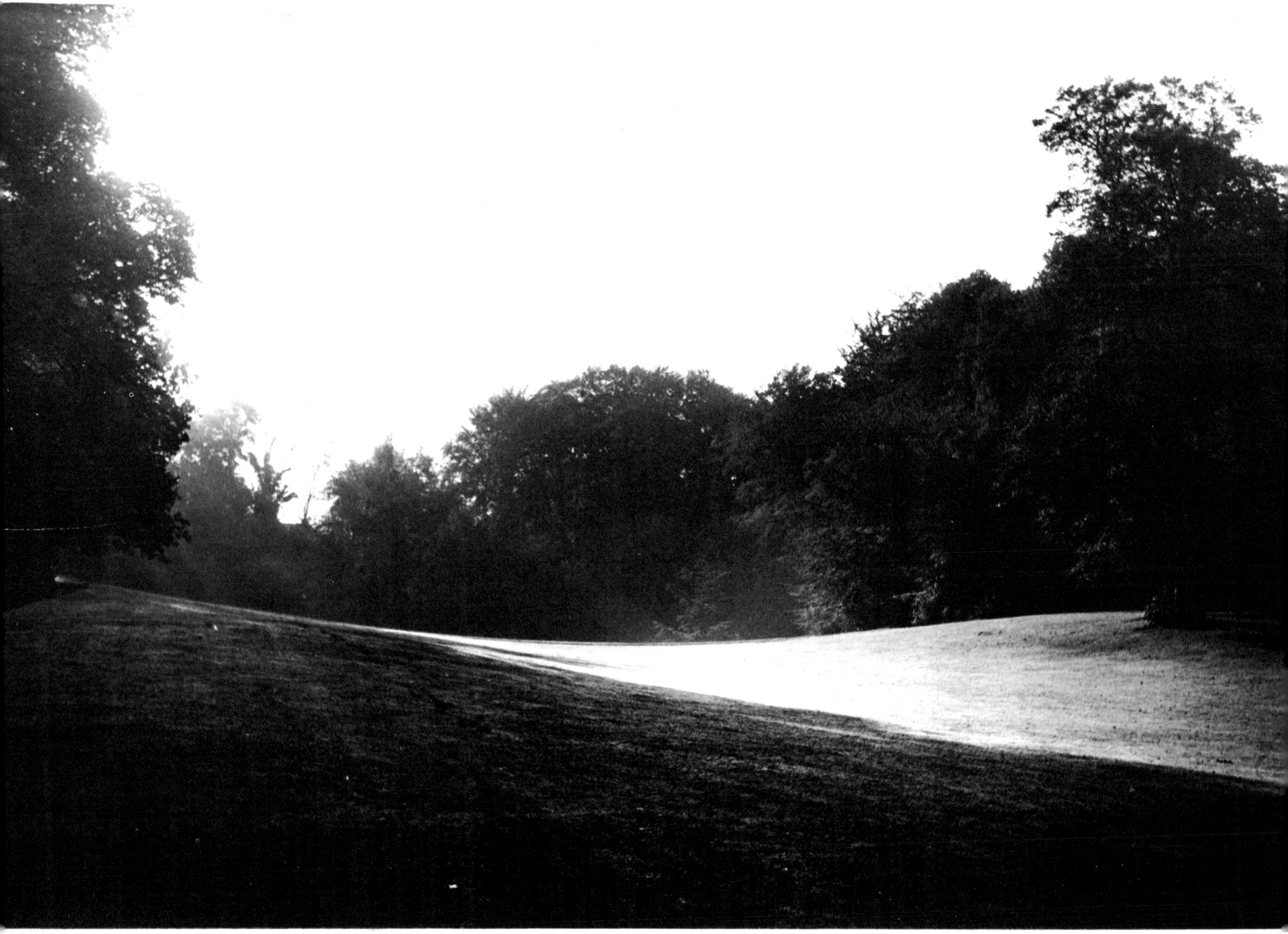

November 1934.

... die Lerchenstraße 14 war der Kreis, in dem ich mich drehte, und der Ausgangspunkt all meiner Phantasieexkursionen. Sie war das vollkommene Nest für mein ausgeprägtes Sicherheitsbedürfnis; die Mutter quasi, in der ich noch steckte. Und der Mittelpunkt in diesem Kreis meines Gemütlich- und Gesichertseins war mein Schlafzimmer zwischen Küche und Opas Werkstatt. Ja, man kann sagen: Dieser Mittelpunkt hatte einen absoluten Mittelpunkt, sozusagen das mathematische Pünktchen, das war mein Gitterbett, in dem ich noch mit 10 Jahren schlief. Eine meiner Versionen von tiefster Gemütlichkeit und Ganzundgar-Unangreifbarkeit war diese: ich liege im Ausgang einer nach innen tief und weit und labyrinthisch verzweigten Höhle – mit ganz sinnlos kreuz und quer gezogenen Gängen und vielen unterschiedlichsten Schlafkesseln. Natürlich auch mit vielen Ausgängen, die in den verschiedensten Gegenden zutage führen: einer da hinten ziemlich tief im Flußtal nahe am Wasser; einer vielleicht unter einem Felsbrocken just auf dem Hügel; mehrere kommen in der Tannenschonung heraus und einer in der alten Kirchenruine unten im Bischofsgrabgewölbe oder so; und noch ein nächster direkt an der Straße, aber in einem hohlen Eichenstamm versteckt. Na – diese ganze Höhlenangelegenheit ist so vielfältig und scheinbar sinnlos gefältelt wie ein geknufftes Plümo. Und so muß es nämlich sein, damit alles Böse und Gefährliche, was ja auf Plan und Vorsatz angewiesen ist und auf Ordnung gewissermaßen – damit also das Böse, das Sinnvolle, gar nicht in meine Sicherheit einzudringen vermag. Im Labyrinth meiner Gemütlichkeit würde es sich todsicher verirren und verhungern und verdursten – ich bräuchte mich gar nicht drum zu sorgen. Ja – und das schauerlichschönste Gefühl ist es dann, wenn ich derart in einem solcher Ausgänge liege, daß ein winziges Vorrücken meine Nase ins feindliche Draußen bringen würde – der verletzliche Leib aber vollkommen vom schützenden Dunkel der Röhre bedeckt bleibt; daß also andersrum nur ein kleines Zurück meine Nase ebenfalls wieder in die Dunkelheit und Unangreifbarkeit brächte. Ja, so. Dieser konstruierte Ausblick auf eine gedachte Gefahr aus wohlig empfundener Rückversicherung heraus: das war's, was «ungefährlich» mein Schönstes war.
Heut erinnere ich, wie Sohn Philip dies Bedürfnis in entsprechendem Alter auf seine Weise befriedigte – auf eine verblüffend einfache Weise: er nahm sich manchmal, wo er just stand oder saß, eine Fußmatte oder einen kleinen Teppich, rollte sich, Mittelfinger im Mund, auf diesem Territorium zusammen, daß kein Teil seines Körpers über den Rand dieser Unterlage hinausragte – um dann ganz vorsichtig und in seiner beherrscht nervösen Zuckelart eine Schuhspitze zum Beispiel, unsagbar behutsam und langsam, über die Grenze seiner Sicherheit hinauszuschieben, über die Mauer seiner Burg sozusagen hinaus oder was weiß ich. Und dazu flüsterte er dann über den Lutschfinger hinweg, gedehnt und wohlig seufzend, das Wort: Gemüüütlich!
Was nun mein Gitterbett betraf: diese meine Festung hatte ich – vielleicht empfand ich sie nicht als ganz und gar begnügend – da hatte ich diese Festung, Burg und Höhle vervollständigt: ich hatte mir am Kopfende ein ziemlich breites, ein Viertel der Bettlänge deckendes Brett quer über die Seitengitter genagelt, und im Schatten dieses Daches kuschelten sich meine Phantasien in der ja so sehr Verletzlichkeit meines Ichs umeinander.
Mein Gitterbrett stand, wie gesagt, in dem Zimmer neben der Küche; und der große Küchenherd erfüllte mit seinem Eisengeruch, wenn er geputzt wurde, und mit seiner Musike, wenn Oma mit den Herdringen hantierte, morgens mein Schlafzimmer, denn die Zimmertür mußte immer ein Spalt offenstehen – oh ja, das mußte so sein – und das war dann das schönste Erwachen in allen vorstellbaren Welten.

Es war November, kurz vor meinem Geburtstag, und es novemberstürmte den ganzen Tag und noch toller in der Nacht. Und in dieser Nacht wurde der Fliederbaum, der just vor meinem Schlafzimmerfenster stand, vom Sturm umgeworfen, und einer der Hauptäste zerschlug das Fenster und spreizte seine Verästelungen in mein Zimmer. Aber nicht das Tüpfel einer Zweigspitze erreichte mein Bett. Bitte! – der Eindruck war ein gewaltiger: das ganze Inferno aus Nässe und Nachtlicht und dem Heulen und Singsang des Sturmes explodierte mit dem Klirren und Krachen des zerbrechenden Fensters und dem Ratschen des zerreißenden Rollos in ein warmes dunkles Zimmer, und nichts von alledem verletzte mich. Niemals und niemals später fühlte ich mich so absolut sicher wie damals in meiner Gitterbettfestung. Ja – für mein Wohligkeitsempfinden war diese Katastrophe nicht einmal Bestätigung der vermeintlichen Uneinnehmbarkeit meiner Festung. Nein, nein – es war eben nur das, was es war und wie es war; und der Auflauf der Frauen zwecks Hilfeleistung oder Rettung oder was weiß ich, war mir ganz zuwider: ich wurde – klar – aus meiner Festung rausgezerrt und sollte wohl – weit weg von meiner Sicherheit – nämlich in der Küche getröstet werden. Wo es nun allerdings nötig, aber ebenso unmöglich war.
So bewirkt mitunter sorgende Liebe Zustände, in denen es keine Tröstung gibt. Klar?

November 1938

. . . ich wurde sehr von der Straße weggehalten. Meine Spielplätze waren für viele Jahre einmal der Garten, zum zweiten das Areal der großväterlichen Werkstatt. Und mein einziger genehmigter Spielgefährte war Rolf Strehle, ein Nachbarsohn gleichen Alters und gegensätzlichen Temperaments: gutmütig bis drömelig und bar jeder Nervosität. Mit ihm saß ich dann, wenn's draußen regnete, in Opas Werkstatt, auf dem Fußboden unmittelbar im Schatten des Schneidertisches, auf dem Opa nach altmodischer Manier, mit untergeschlagenen Beinen, hoch über uns thronte. Das war vielleicht ein Schutzpatron!!! Zu gerne nahm er den Reihfaden, den er zum Einfädeln und um ihn überhaupt gefügig zu machen, der Länge nach zwischen seinen feuchten Lippen durchzog – womit nicht behauptet wird, daß Opa nicht einen angenehmen trockenen Mund trug – nahm zu gerne diesen also genäßten Faden und ließ ihn von oben herab in unsere Spielidylle hängen, und zwar so, daß das womöglich extra feuchte Ende in Rolf Strehles Gesicht herumbaumelte. Ich bemerkte sowas in meinem Engagement fürs Spielen meist zu spät; nämlich: wenn mein duldsamer Freund endlich vor der schneidermeisterlichen Tückerei kapitulierte: dann sagte er gedehnt: «Ich geh nach Haus.» Und diese Redensart war nicht nur stereotyp die gleiche, sondern beendete die Sache auch definitiv. Und Opa hatte dann erreicht, mir meine Zorn- und Verzweiflungstränen mit irgendwelchen Gunstbezeugungen wegtrösten zu dürfen.
In Opa erkannte ich zum ersten Mal in meinem kleinen Leben den Tod. Ich muß sagen, daß mein Großvater ein sehr schweigsamer Mann war – und schon gar nicht sprach er mit Oma. Sagte sie z. B. – wenn er just durch die Küche ging, zum Garten hin, zu irgendwelchen nicht zu erratenden Geschäften – sagte sie dann z. B.: «Vadder, bringst du 'n Eimer Wasser mit rein?» dann war es eine merkwürdige Aktion, wenn er seinen laschen Flanellärmel etwas zur Seite hinausstreckte und mit der gichtigen Schneiderhand den Eimer von Oma entgegennahm und dabei, wie gesagt, absolut keinen Laut von sich gab. Aber er brachte das Wasser.

«Bei Tisch» wurde sowieso nicht geredet, ganz selten unternahm Oma den Versuch – und man m u ß sagen: «sie unternahm» – sie unternahm also ganz selten den Versuch, irgendwie ein zweisilbiges Hin = zurück zustande zu bringen. Aber diese Versuche waren eben gattliche Versuche und ihrem Wesen nach schon zum Scheitern verurteilt. Ihr fiel nämlich in etwa solches ein:
«Na–» – kleine Pause – «–warheutwas?»
– und da konnte nun, was sie wissen mußte, und wie Opa wußte, daß sie es wissen mußte – da konnte gar nichts was immer auch gewesen sein.
Mein Großvater war also ein schweigsamer Mann, und wenn er etwas sprach, dann mit seiner Kundschaft, unter der er ganz sicher wieder Favoriten hatte für eine relative Wörterverschwendung.
Und mit mir sprach er auch; und in seinen Geschichten und Redensarten nahm nun «Gevatter Hain» einen bevorzugten Platz ein. Ja – wenn Opa sich zu mir «erzieherisch» getan hätte, dann wäre «Gevatter Hain» sowas wie der Haus-Buhmann gewesen, denn die Art und Weise, wie Opa diesen Kerl illustrierte, hatte zur Folge, daß mir der Tod als ein ganz und gar unmystisches Wesen erschien. Wohl war er ein zu fürchtender Geselle, aber einem Räuber ähnlicher als einem Phänomen. Er kam justament aus dem Bilderbuch.
Und so sah es denn auch aus, als er Opa holte.
Vorweg dies: Opa hatte seinen täglichen Mittagsschlaf – natürlich auf seinem Schneidertisch; da lag er dann – der Länge nach, unendlich lang, ziemlich lang – und flach wie ein großes, flüchtig hingeworfenes Tuch – die Knitterkontur im Gegenlicht, das durch ein gelbliches verblichenes Rollo gedämpft über den Tisch fiel. Da lag er, mit dem Kopf auf dem Flickenhaufen, und hatte sich das große, rote, weißgepünktete Taschentuch übers Gesicht gelegt – zur weiteren Verdunkelung. Dann dauerte es nur ein paar Minuten, und die ersten Röchel- und Schnarchvokabeln kamen unter dem Tuch hervor, und als nächstes fiel dann der Unterkiefer runter, so daß der Saum des weißgepünkteten Roten über dem tiefschnarchenden Schlund zitterte. Es war für mich ein Schauspiel, das ich immer wieder gierig erwartete. Ich durfte nämlich während der Ruhestunde in der Werkstatt bleiben. «Aber du bist still!» hieß die Order.
Bleibt zu sagen, daß ich bei meinem Großvater also nie geschlossene Augen gesehen habe, bis auf jenen einzigen Tag, an dem es morgens merkwürdig still oder eben ganz «anders» im Haus war. Ja – in der Nacht war Opa also gestorben, und morgens waren da irgendwelche fremde und viel zu viele Personen im Haus. Diese hatten Großvater auf seinen Tisch gelegt, und Oma führte mich an die spaltbreit geöffnete Werkstattür, und ich sah unter ihrem Ärmel hindurch meinen Großvater da liegen, wo er für mich nur mittags liegen durfte. Und auch mit ihm war alles anders und merkwürdig still. Ich sah im ersten Moment auf die zwei tiefen dunklen Höhlen unter seinen Backenknochen und dachte: wo sind seine Augen geblieben, aber dann wußte ich plötzlich, daß die unter den zwei großen Deckeln sein müßten. Klar – unter diesen Deckeln, die so neu für mich waren, schliefen Opas Augen. Mit dem Tuch hatte man ihm das Kinn hochgebunden, und dann lagen da die Hände gefaltet auf seinem flachen Körper. Es sah sehr nach Wilhelm Busch aus – und das hatte also der «Räuber» gemacht.
An diesem Tag konnte ich, nebenbeigesagt, noch nichts anfangen mit dieser Neuigkeit. Daß es was absolut Neues war mit Opa, das begriff ich am nächsten oder übernächsten Tag, als man ihn aus dem Haus wegtrug und er einfach nicht wieder auftauchte. Opa war nie verreist gewesen.

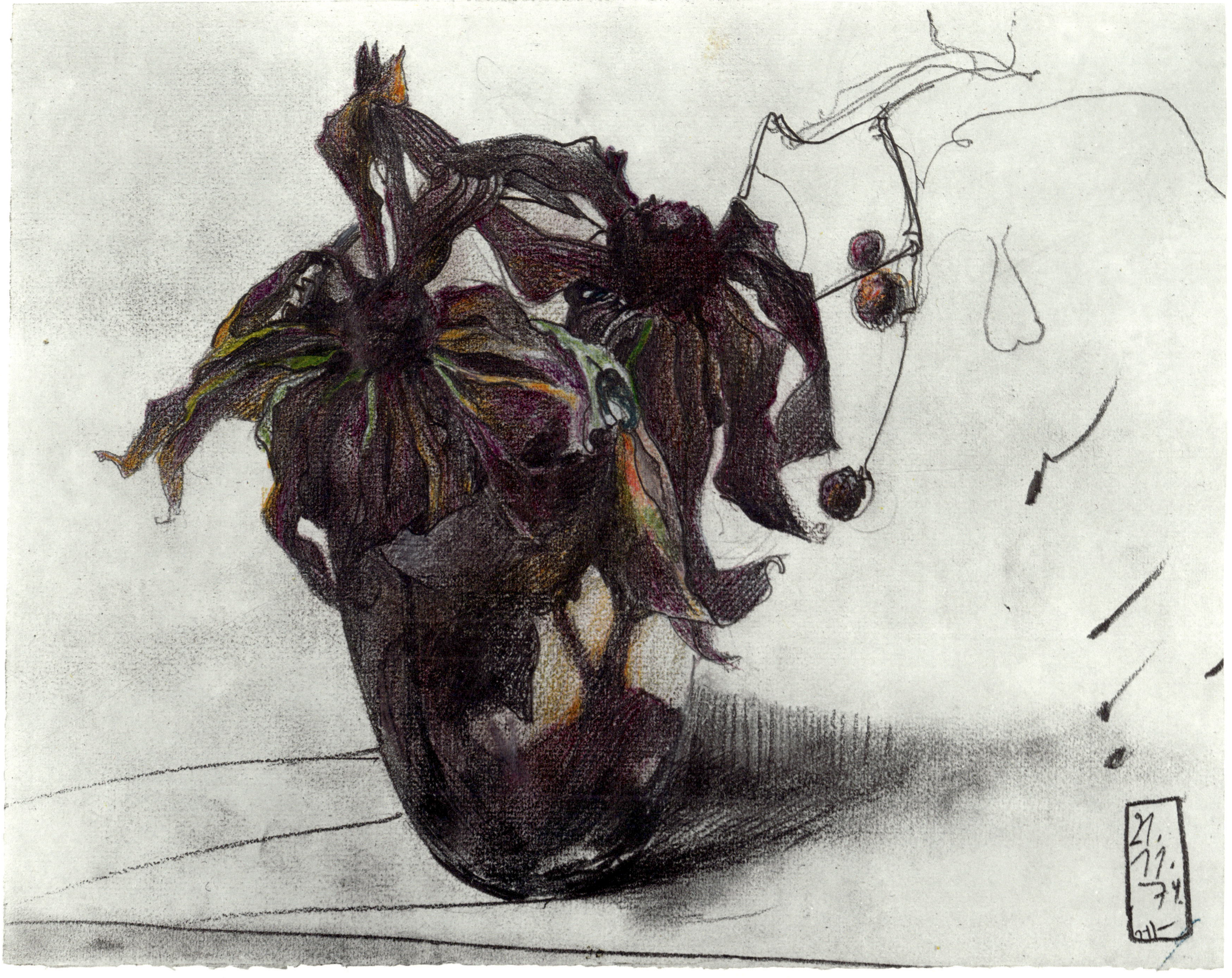
21. 11. 74.

das gemütliche Hotel oder 1 Blick zum Gipskugel

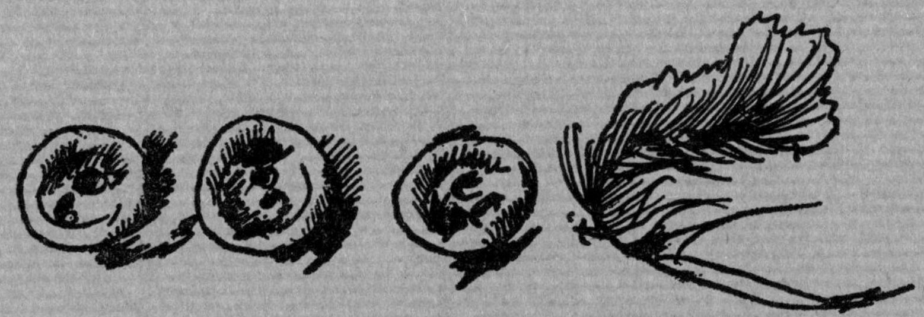

16.II.74.

Nicht-dasein heisst bei vielen Wissenschaftlern: nicht empfunden werden (Lichtenberg)

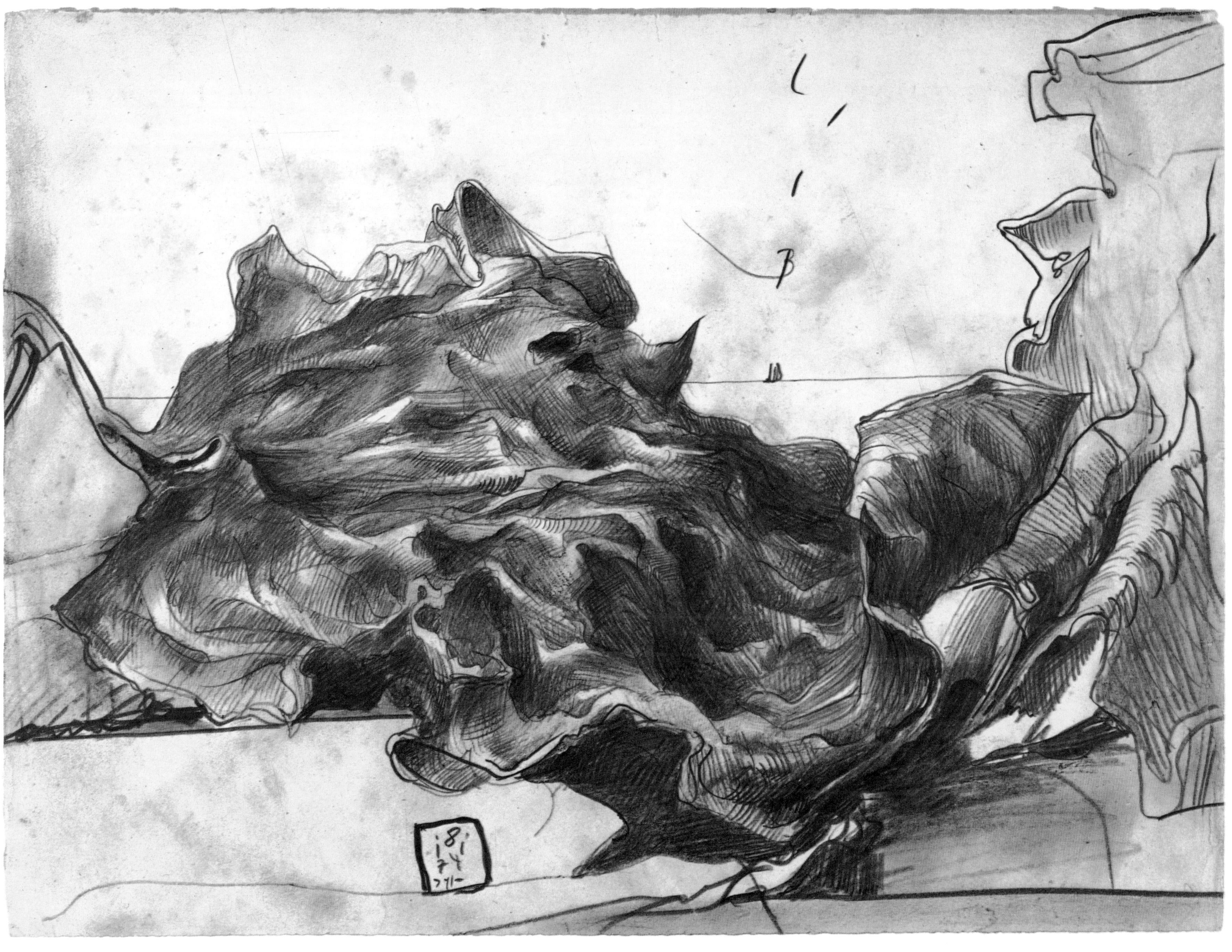

7
12
74

sie, und sie spricht wie folgt:

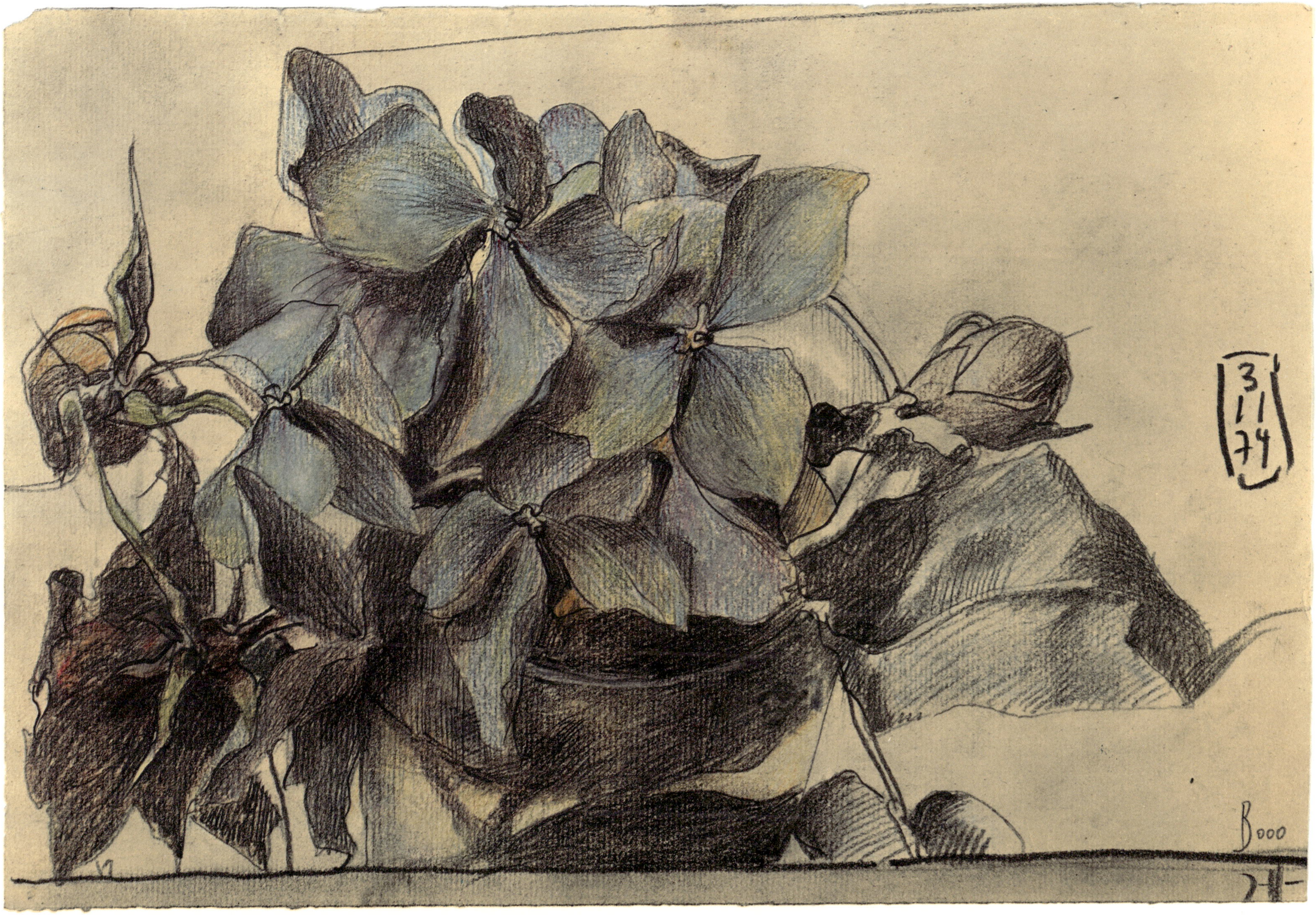
3
1
74

Vom Sommer

April

Nr. 25

Der Himmel ist schwarz. Der Regen trommelt gegen die Fensterscheiben und klatscht auf die Steine. Das ist ein Wetter! Auf einmal hört der Regen auf. Die Sonne (schn) scheint durch die Wolken und spiegelt sich in den Pfützen.

F	0	1	2	3	4	5	6
SS	16	4	2	7	1	1	-
SS	1	-	7	2	1	1	1

(1S. f.)(1S. f.)(1S. f.)

0 Fehler
Sehr
dichen
ich

September 60

Bew Lichtenberg

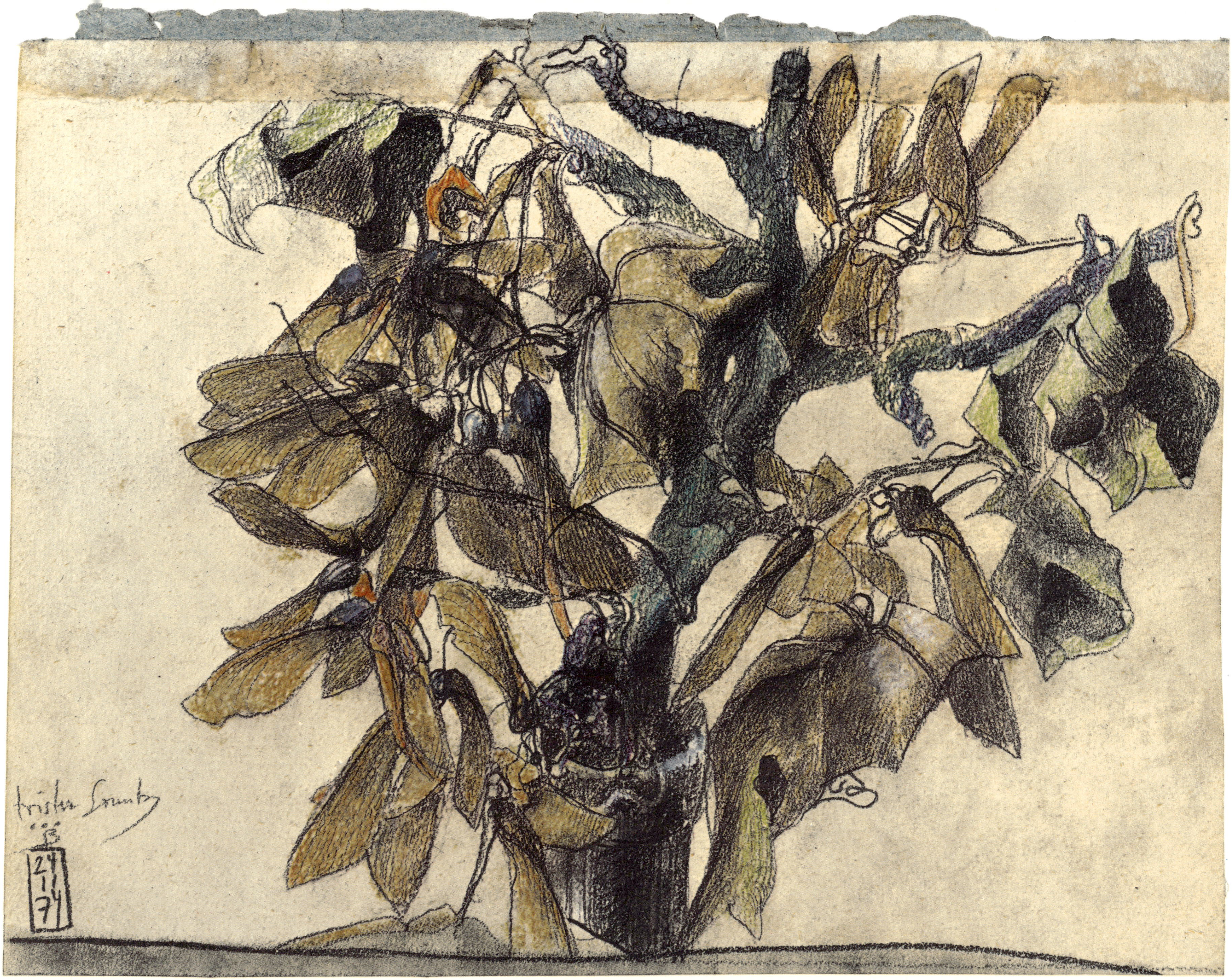

24
1
74

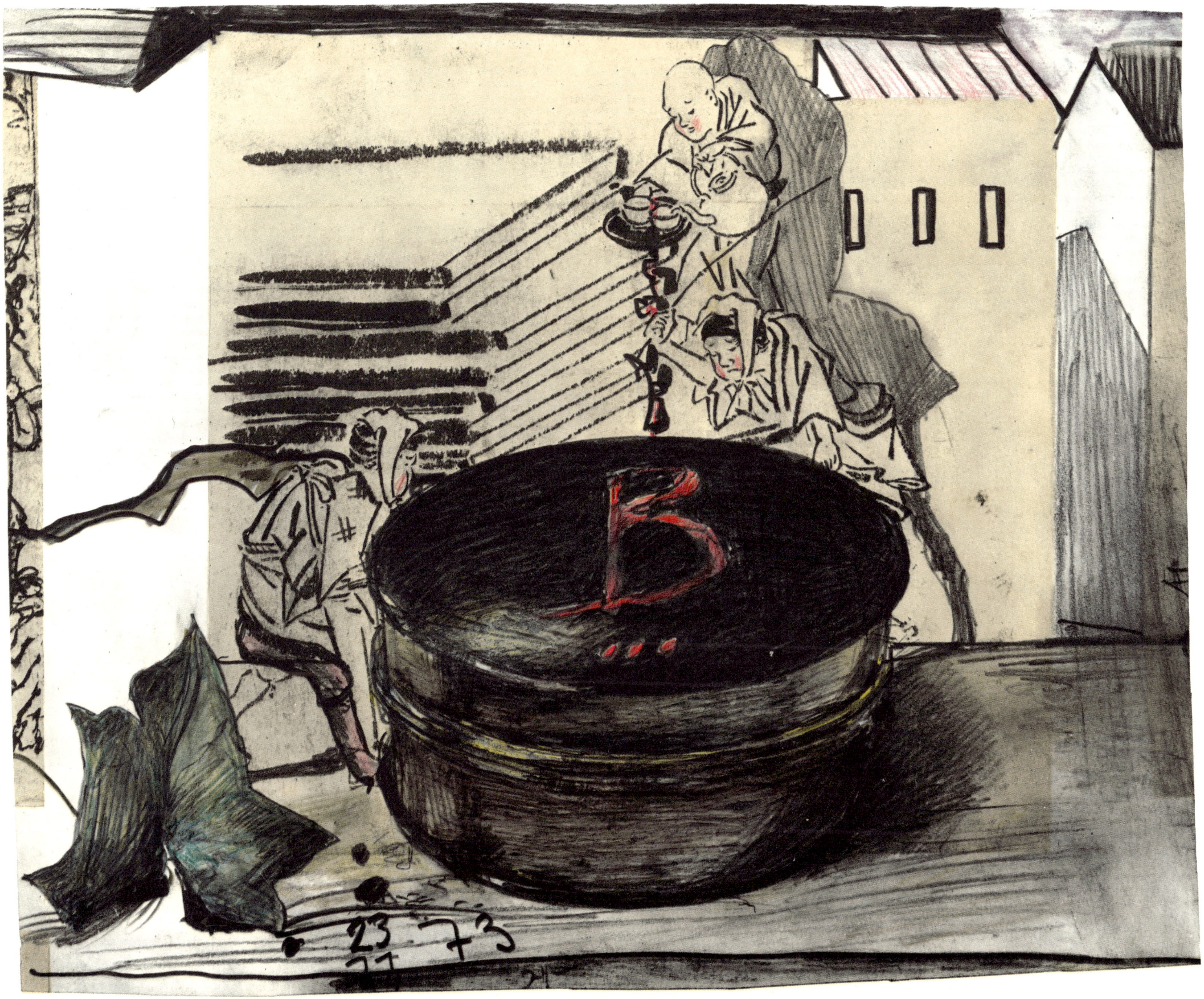
B
23
73

von unterwegs 281174

Kitschblümchen

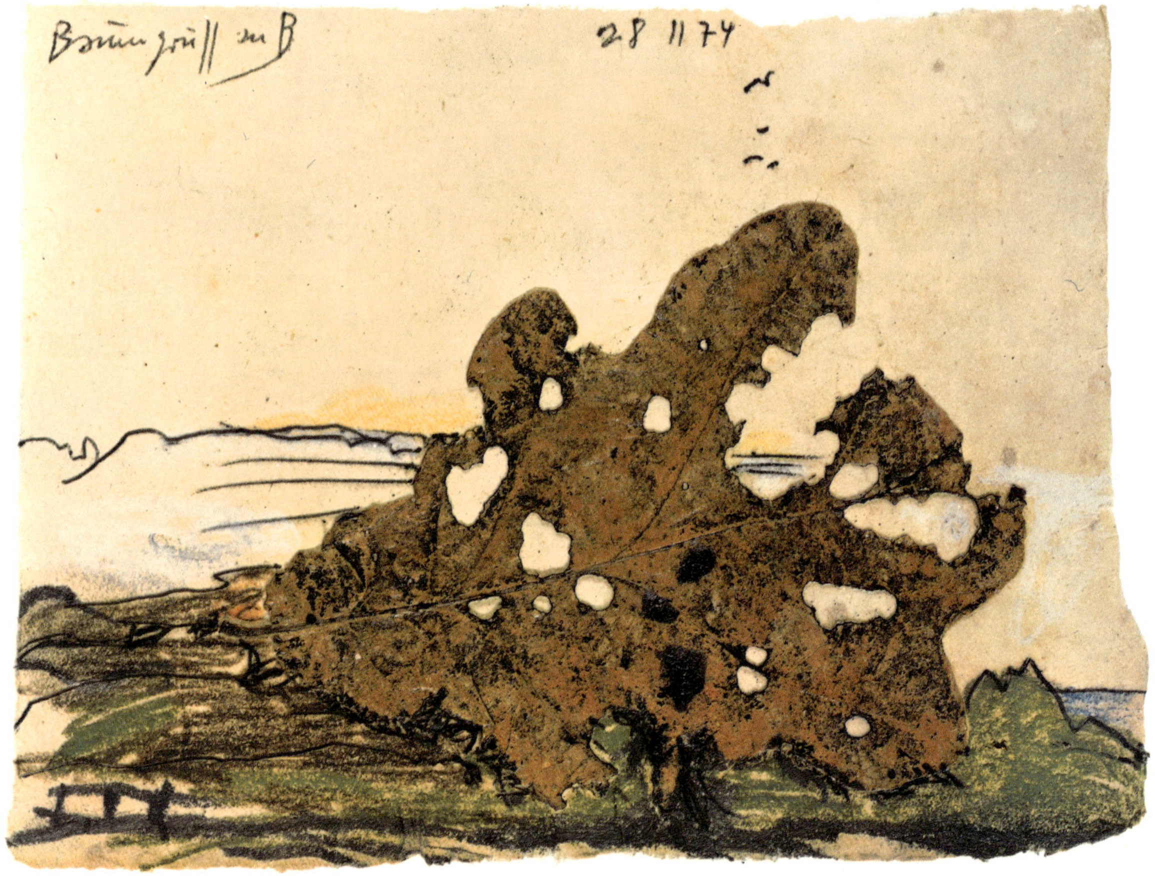
28 11 74

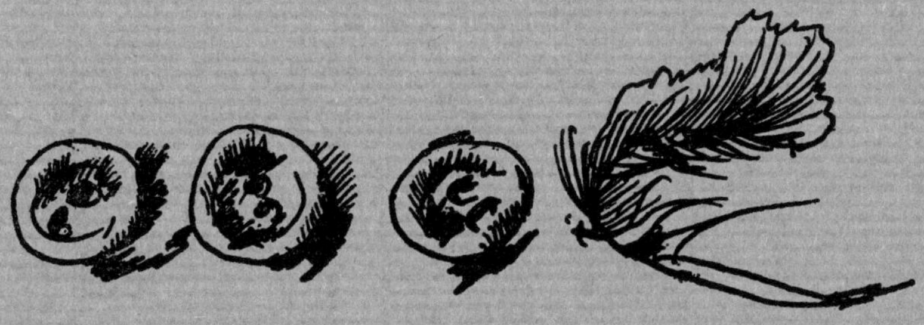

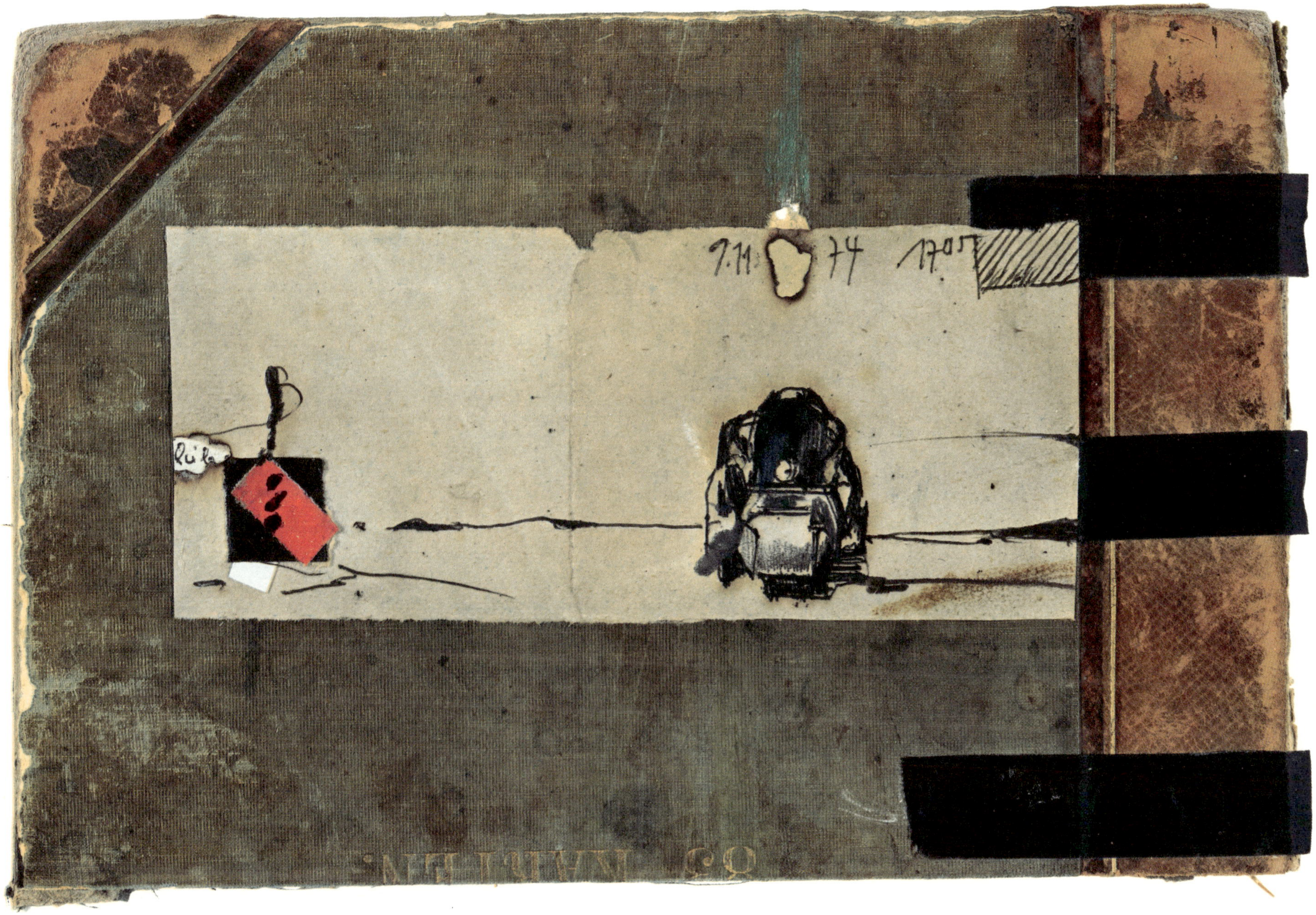

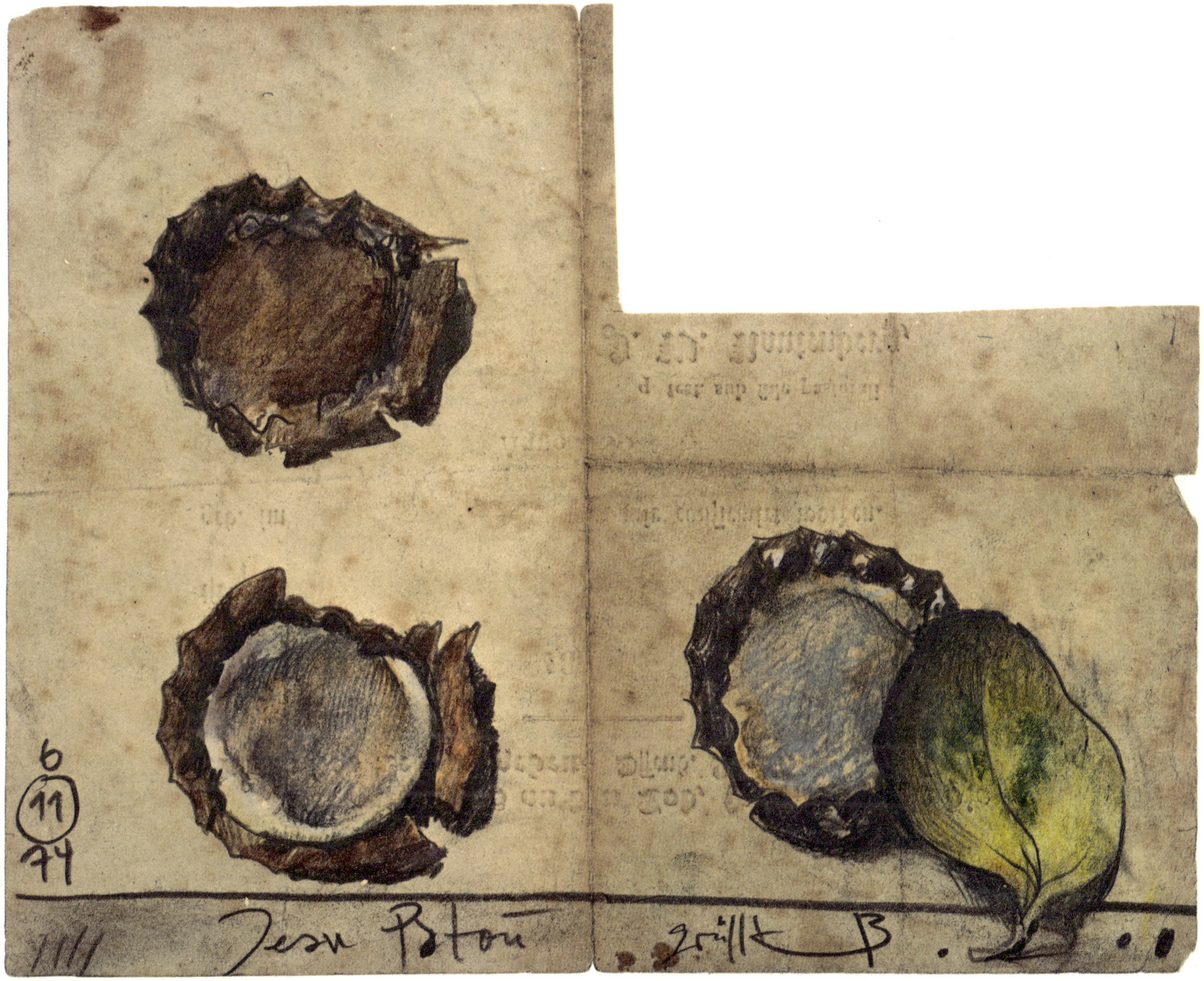
6
11
74

Allein bin ich jetzt
zu zweit bin ich eine Kohlsuppe
ich kann nicht allein sein.

allein bin ich gut
zu zweit bin ich eine Katastrophe
ich kann nicht allein sein.

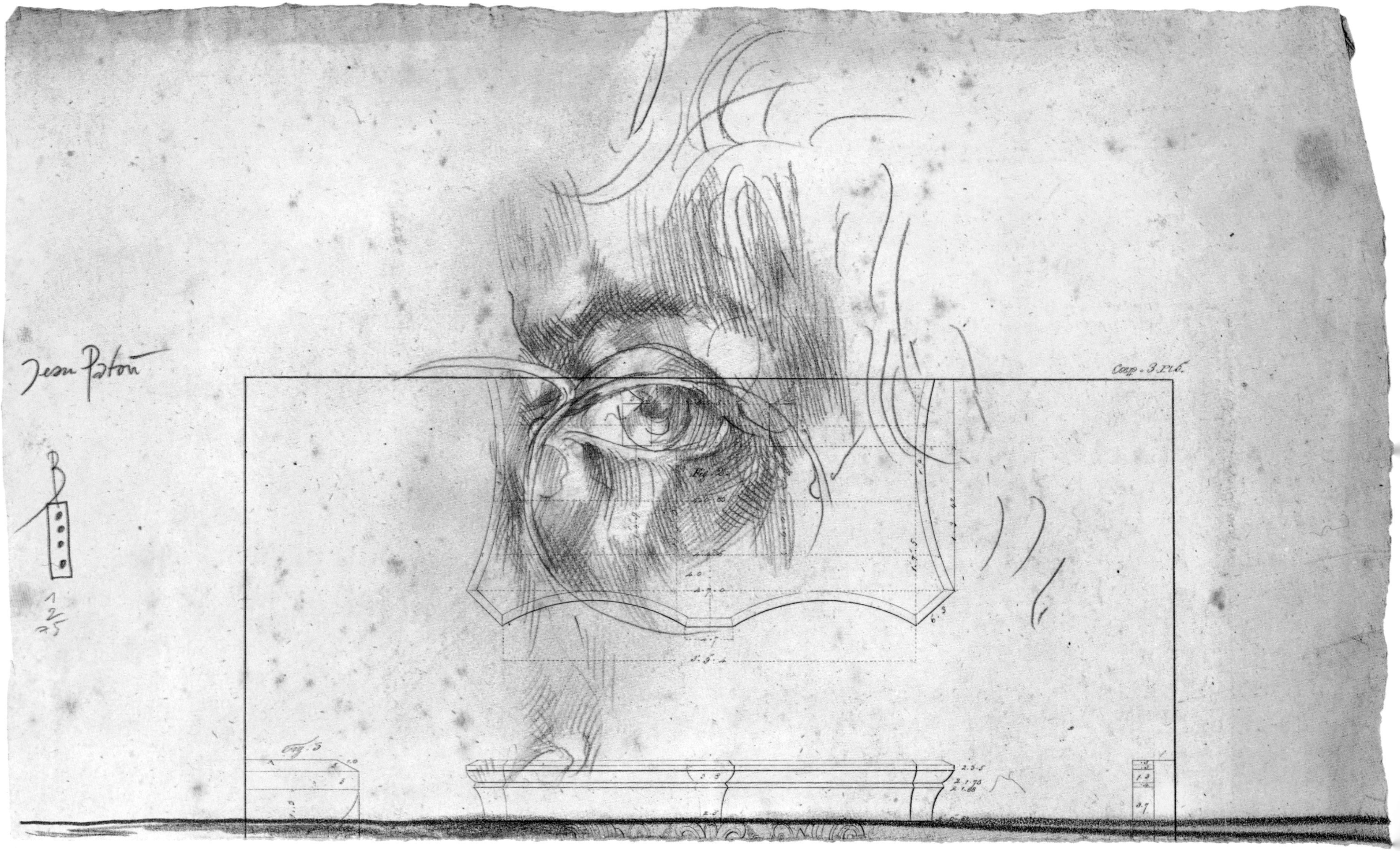

Horst Janssen: Rede Mannheim

Ich danke Ihnen für die Ehre, die Sie mir erweisen. Ich danke echt und bin glücklich, und das möchte ich Ihnen glaubwürdig machen.

Ich meine: Erstens: ich weiß wohl – es ist der Schillerpreis der Stadt Mannheim und Zweitens: ich bin in den letzten 20 Jahren in punkto Preisverleihung überhaupt nicht gerade verwöhnt worden. Immer läuteten hierzulande die Glocken im schnellen Wechsel für eine Religion, in der dann just kein Platz zu sein schien für meine Intentionen.

Ich muß allerdings gestehen, daß mir koketterweise dieses Los nicht unangenehm ist – kann ich doch mit Genüßlichkeit zusehen, wie sich derzeit nach dem Muster der Kinderabschlagspiele «Tick – du bist» die einzelnen Epöchelchen durch die Zeit hetzen. Und zwischendurch sage ich mir: das läuft da heutzutage alles so eilig nach vorwärts – da gehst du selbst am besten gleich rückwärts.

Ja – und was die Vorreiterdienste für eine solche oder nicht ganz solche Anerkennung beträfe – ich meine die Vorreiterdienste der Journalisten – ach du Liebeslieschen – dadrauf kann ich nur eine kleine Geschichte setzen, eine etwas peinliche zwar, aber sehr illustrative.

Als Wieland Schmied mir vor etwa 10 Jahren meine erste Ausstellung in der Kestnergesellschaft arrangierte, da erlaubte er sich im Katalogvorwort – so in seiner mir sehr angenehmen, etwas poetisierenden Art – da erlaubte er sich einen feuilletonistischen Schlenker.

Diesen: er schrieb «Janssen zeichnet *sich* immer und immer wieder im zwischenhinein in seine ununterbrochene Zeichnerei; zeichnet sich als das und das – als Schubert singend und als weißderTeufelwas; und wenn er sich mit der Pudelmütze zeichnet, so ist ihm die Pudelmütze, was dem Rembrandt der Goldhelm war.»

So in etwa das Zitat, und von diesem Zitat kam dann irgendwas in die hannoversche Presse.

Nun hätte Wieland Schmied natürlich auch besser als Vergleichung die Hausvatermütze des Friedrich Wasmann nehmen sollen. Oder die Malkappe des Anton Raphael Mengs (oder war dies der Herr Graff) – oder vielleicht doch die Kopfbinde des Georges de la Tour. Aber wer war vor 10 Jahren der Wasmann, der Mengs oder Graff und der la Tour. Also war das Markenzeichen groß-R just recht für den Journalisten, um beim erwähnten Zitat trotzdem Bahnhof zu verstehen. Das ging so:

Hannover: «Man wird vor J's Selbstporträts an Rembrandt erinnert...»

Celle dann: «*man muß schon* Rembrandt zitieren, will man...» Und darauf Lüneburg: «*nur* noch die Rembrandtschen Selbstbildnisse usw.» In Buxtehude erreichte dieser beispielhafte Unsinn seinen Höhepunkt: für die Buxtehuder war Rembrandt «fast» gestorben. Über Stade schwappte dann diese Welle rüber nach Hamburg. Und in Hamburg also hieß es daraufhin: nämlich bei solchen, die mir wohlwollen: «...Vergleiche mit Rembrandt schaden nur...» und jene, die mich *eh* nicht leiden können, schrieben: «...man will uns hier glauben machen, ein zweiter RRRR usw. + alles dies.»

Ich glaube – meine Damen und Herren – Sie verstehen, daß ich ein etwas gestörtes Verhältnis zum Journalisten habe, insbesondere zum derzeitigen Feuilleton. Da war ich doch mal der Bohèmien in Gummistiefeln, der sensible und verletzliche Trinker oder das Genie aus der Kornflasche. Dann, als sich die Bilder mehrten, war ich der Eklektizist oder der ambitionöse Spätromantiker oder Pseudo + sowas dann; als ich in Kupfer kratzte und mit Säure platschte, da war ich der Chirurg an irgendeinem angeblich vorhandenen Geschwür der Gesellschaft, sozialkritisch sogar in den Erotikas.

Und zwischendurch natürlich immer wieder totgesagt und ausgebrannt, um sogleich auch wieder Phönix sein zu müssen – nach der nächsten Produktion nämlich. Na ich würde sagen: die Auguren, die in meinem Metier so um einen herumhocken, sollte man ins meteorologische Amt fegen, wo die Analyse von heute wenigstens aussagt, daß es morgen auch ein Wetter geben wird.

Ja – meine Damen und Herren, dies ist nun die Stelle, wo ich meinen Dank sagen möchte für den Preis Ihrer Stadt. Seh ich doch an der Reihe der vor mir Geehrten, daß Sie nicht dem Trunkenbold, nicht dem Gesellschaftskritiker, nicht dem Erotikus, nicht dem Eklektiker oder dem Romantiker, nicht dem Landschafter, nicht dem Blumenmaler und was weiß ich noch, auch nicht dem Phönix oder Fleißbolzen und eben auch nicht dem, der sich wie es inzwischen heißen *könnte*, – der sich über seinen Freund Jobst Siedler an den Springerkonzern verkauft hat – daß Sie also keinem dieser Phantome den Preis geben – sondern daß Sie vielmehr den Preis mir zugedacht haben. Mir – der ich nunmal zeichne. Dafür danke ich Ihnen, und darüber bin ich glücklich.

Und nun dies: Ich rede manchmal ungern über eine Sache, die ich nicht in etwa kenne. Haben Sie darum bitte Verständnis, wenn sich dies alles ein bißchen sehr so anhört wie eine zweite Laudatio auf mich. Wenn ich nämlich übers Zeichnen, beziehungsweise Gucken rede, dann natürlich über *mein* Zeichnen. Ich werde mich doch nicht überheben und heutzutage über DAS Zeichnen reden.

Also – was mich betrifft: hätte ich je viel übers Zeichnen nachgedacht, wärs mir bestimmt aus dem Selbstverständnis rausgeflutscht. So aber hab ich immer gezeichnet und alles gezeichnet. Meine Zeichnerei hat mir sozusagen erspart, ein Tagebuch zu führen. Vor allem aber habe ich immer gezeichnet, was ich gesehen habe, wenn das Gesehene auch nicht immer just dort war, wo ich grad war. Und wenns mal augenscheinlich überhaupt nicht da war – das Motiv, – dann war's eben eins, was ich vorher schon verschluckt hatte. Jedenfalls: mein Auge hatte immer sein Vergnügen. Und daß sich Heiterkeit auch in Moll kleiden kann und C-Dur nicht unbedingt mit Frechheit daherkommt – na, wem sag ich das. Ja – und wie gesagt: mein ungezogenes Auge ließ sich schlechterdings einfach nicht von einer Ideologie gängeln. Auch zeichnet es nicht, um ein Engagement so recht schön deutlich zu illustrieren: ich habe nämlich keins, es sei denn, ich nähme einfach meine Lust zu gucken als ein solches. Zu gucken: aufs vorüberflatternde Motiv und zu gucken: aufs vergilbende Papier und vielleicht bin ich eben mit noch größerer Lust Chronist als wie Akteur.

Na ja,– ich meine: Das Wunderbare ist nicht unser intellektuelles Geschnurre hinter geschlossenen Augen, nein, das Wunderbare sind eben diese Augen selbst – geöffnet, versteht sich, und mit dem Krimskrams dahinter natürlich. Wie sagt unsere Sprache: Es soll da weit im Osten eine Gegend gegeben haben, wo die Philosophen durchs Gucken zu ihren Einsichten kamen.

Und vielleicht würde hierzulande mancher Philosoph seine tiefsten Einsichten ins Heute und Gestern zu gerne umtauschen in ein Hellsehen auf die Zukunft.

(... sieh mal an – wer hätte das gedacht ...)

Es ist also das Auge, dem ich das Primat einräume; und das Futter für dies vortreffliche Organ ist die wundervolle Scheinwelt um uns herum. Diese Augen, so sagen wir: sie tasten den Himmel ab – tasten den Himmel ab, wie die Fingerkuppen eine weniger ätherische Erscheinung abtasten, um sie zu begreifen.

Der Verführer unseres Auges ist also das Umunsherum. Ihm gibt sich das Auge hin und wird obendrein bezahlt mit wunderbaren Bildern dieser fließend-vergänglichen Welt, wo keins dem anderen gleicht.

Nicht das älteste Gewerbe der Welt ist das älteste Gewerbe der Welt, sondern das Gucken ist, meine ich, das älteste Gewerbe der Welt. Und das Gucken nun in eine Ideologie zu knöpfen, wäre so, wie wenn eine talentierte Hure eine allgemeine Moral in ihre Vergnügungen einbringen wollte.

So meine ich – und bevor ich Ihnen dies alles in einer kleinen artifiziellen Geschichte anbiete, möchte ich Ihnen noch schnell aufs Engagement kommen.

Vorweg auf meins, das auf dem Papier liegt.

Der Mensch ist auf Expansion aus.

Nun – bei der Zeichnung ist das Gegenteil gegeben:

Alles bewegt sich von den begrenzenden Seiten zur Mitte. Was immer sich auch an vermeintlich weltbewegenden Absichten Luft verschaffen will: die Luft ist nur innerhalb der vier Ränder des Blattes vorhanden.

Kinder, die just mit Zeichnen anfangen, kommen da noch leicht ins Dilemma. Nie reicht ihnen der Papierbogen aus, wenn sie einen ganz langen Kerl zeichnen wollen – und immer nehmen sie dann einen nächsten, womöglich größeren Bogen.

Dies Papier, dieses Viereck also, ist mir nun just die Bühne, auf der ich gern im Engagement stehe. Und ich will Sie gar nicht langweilen mit fachlichem Regiegeplapper: wie ich in meinem Metier die Figuren durch und zu und übereinander bringe, wie und wann Ratzefummel (so nannten wir in der Schule das Radiergummi) seinen Auftritt hat und ob überhaupt. Und ob das zarte Rosa den 2. Akt überlebt oder womöglich vorzeitig vom dicken Graphit gemordet wird. Wann sich Prinz Pinsel dem Federchen zugesellt und ob zum Ende des Stückes sich alles am Papierrand versammelt oder sich mittenmittig drauf zusammenhäuft.

Nein – damit will ich uns die Zeit nicht stibitzen, weil – ich muß Sie unbedingt jetzt warnen vor dem Engagement, das AUSSERHALB des Papieres liegt.

Abgesehen davon, daß sich in Sachen Engagement schon mancher Brötchenbäcker aus Unlust und Überdruß an der Farbe Weiß sich für die Interessen der Schornsteinfeger engagierte – abgesehen davon gibt es durchaus echte und tragische Fälle.

Nehmen Sie den der Käthe Kollwitz.

Wie begann sie? – Als ganz vortreffliche Radiererin, geschult an der Grafik um Klinger und augenfällig mit Kunstgenuß. Dann konfrontierte sie das Schicksal mit dem wirklichen Elend der Jahre 18, 19, 20 etc., und die Bilder dieses Elends erschütterten sie echt und bedrängten sie, und sie glaubte nicht nur anklagen zu müssen, sie wollte es auch sofort – gleich – jetzt und schnell und lautvernehmlich tun, und da vertauschte sie die Radiernadel mit dem breiten Kohlestift und der weichen lithografischen Kreide, und aus war's mit der Kunst. Nur noch Käthe-Kruse-Puppen mit ausgedrückten Augen, die um Brot betteln; so daß der treffsichere Johannes Groß mir neulich zu diesem Punkt leerer theatralischer Gestik sagte: «Ahja – man sollte also schon deswegen den Hunger aus der Welt schaffen, damit nicht so schlechte Bilder gezeichnet werden.»

Und dagegen stellen Sie nun bitte den Francisco de Goya: Ein vitaler lebenslustiger, auf den Genuß bedachter, gar intriganter Höfling anfangs. Ein dem Erfolg und dem Schönen zugeneigter Greifzukopf, der dann in der Mitte seines Lebens erst von einer schweren Krankheit oder sagen Sie Krise getroffen wurde und nur von dieser primär und kaum von irgendwelchen gesellschaftlichen Umständen oder Krieg und Mordio. Nein, – er, der gar nicht die Bestialitäten der *la guerra* Serie in Realität gesehen hatte, der dies und jenes darüber vom Hörensagen hatte, er hatte – eben – die schreckliche Lust des Auges an den imaginären Vorstellungen vom gepeinigten UND peinigenden Menschen – die Lust eines Auges, das sich vielleicht aus vielen kleinen Bruchstücken konkreter Erfahrungen eine Hölle baut.

Die Lust eines Auges, das nicht weggucken kann, auch im konkreten Fall hingucken muß; ein Auge, das sich die Gefährdung des Menschen zu etwas sinnlich Wahrnehmbaren macht – schon an winzigen Vorgängen im Alltäglichen. Die schreckliche Lust eines Auges, das vielleicht durch das GENAUE Hinsehen *müssen* ein heftigeres Mitleiden erzeugt als irgendeine andere Art der Beteiligung. Und diese Lust ist durchaus eine geschwisterliche zu jener, die er, was weiß ich, vor oder neben oder auf der Herzogin von Alba empfand.

Und – eben! – diese unverzichtbare Lust, die mal das erschreckend Schöne in der Maja und mal das hoffnungslos Schreckliche so schön darstellt, diese unbedingte Lust des Auges ist, wenn wir nicht einen blöden, sprich «moralischen», Trick benutzen, unentschuldbar. *Sie* wird von der Moral gestraft, aber von der Zeit belohnt. Und dies Auge meine ich, ist das Auge eines «nicht engagierten» Künstlers. Käthe Kollwitz *meinte* es gut – Goya war es. Und das hat nichts mit dem Ungleichgewicht der beiden zu tun. Und – bitte – verwechseln Sie Goyas Auge nicht mit irgendeiner leidenschaftslosen Scharlatanerie um uns herum, derzeit.

Meine Damen und Herren, sie sehen: wenn ich nicht von meiner Person spreche, komme ich gleich vom Boden ab und ins Schleudern. Nichtsdestoweniger ist es mir ein Lieblingsthema. In der Sache steckt irgendwo die Überschrift: Balance zwischen Selbstbetrug und Wahrheitssuche.

Naja – auf den Boden zurück und noch schnell diese kleine Obendraufbemerkung: Glauben Sie mir, das Auge des Zeichners ist so ein ziemlich verzwicktes Ding. Seine Transaktionen von außen nach innen und von innen nach außen sind recht verquerer Art und ganz und gar nicht so geordnet wie Im- und Exportgeschäfte gemeiniglich sind. Man kann sagen: So ein Auge, so ein Apparat ist ganz unnütz für das Notwendige, überflüssig fürs Gemeinwohl, ein asozialer Lüstling und gänzlich ungeeignet fürs Demonstrieren. Da nehme man besser das Auge des Plakatmalers.

Und das trifft den Böcklin gleichermaßen wie den Guttuso und den Hartung. Immer das Gleiche: Demonstration einer dünnen Idee, die letzten Endes nur im Wohnzimmer hängen wird. *Das* freilich wird auch mein Grab sein.

So – dies als Schlüsselchen für meine kurze Geschichte des Jean Patou.

Jean Patou

Was ist über ihn zu sagen? Dies: Patou ist ein ausgeprägter Augenmensch. Patou hat die verwöhntesten Augen. Patou ist ein unbedingter Gucker. Leute, die sich mehr aufs Denken angewiesen sehen, würden Patou für einen halten, der gänzlich unreflektierend gedankenlos durch die Gegend stolpert. Recht haben sie. Patou nämlich nimmt die Erscheinung der Dinge von der Seite, die sie ihm anbieten. Er geht nicht um die Sache herum, ihn interessiert nicht die Kehrseite, es sei denn, die Sache selbst dreht sich ihm so zu, daß die Kehrseite zur Vorderseite wird. Jean Patou also nimmt die bröckelnde Fassade eines Hauses als Relief und Ornament. Er hat zwar schon manche Fassaden

n. Rigaud

von ihrer Kehrseite gesehen, aber da waren sie ihm – eben – Tapeten; und Tapeten nimmt Jean Patou als gefälliges, hübsches, beruhigendes oder aufregendes Muster, und nie würde er sich in seiner Lust an diesen Mustern stören, indem er sich die Kehrseite der Tapete als Fassade denkt.

Und schon gar nicht drängelt sich Patou etwa in die Erscheinungen hinein. Er denkt sich nicht hinter die Fassaden, spekuliert sich nicht durch die Mauern hindurch, nein, er geht – wenn überhaupt – einfach ins Haus hinein, so daß ein anderer als Patou sagen würde: Patou mach sich das Zentrum der Sache zum Vordergrund, daß ihm die Fassade gleich zum Hintergrund wird.

Und Schicksale gar – mein Gott, Patou fühlt, daß ein Schicksal, wenn es eins sein will, unbedingt der Zukunft bedarf. Er hatte mal eine Schlange beobachtet, die aus Versehen ihren Schwanz mit dem Rachen zu fassen kriegte; und als sie sich aufgefressen hatte, war nur noch der . . . ich weiß nicht, wie die Geschichte endet.

Patou ist also ein unbedingter Gucker. Und Patou zeichnet und Patou fotografiert, und er fotografiert so, wie er zeichnet, und zeichnet so, wie er fotografiert, und beides so, wie's just kommt und ohne große Ambition. Patou ist also in einem höheren Sinne genau. Er ist alles andere als das, was denkende Leute als präzise bezeichnen. Patou ist nicht der Mann, der zweimal hinguckt – ihm ist eingegeben, daß ein zweiter Blick auf dieselbe Sache den ersten Blick nicht korrigiert, sondern ad absurdum führt – so, wie ein zweites Urteil das erste aufhebt. Kurzum: für Patou gibt's keine Vorurteile, – Patou ist Genießer.

Spaziert er durch die Straßen, über die Promenaden und Parks der Stadt oder am Fluß entlang, so versammeln sich die Erscheinungen der Dinge vor seinem Auge, wie die Fliegen um eine Ferdeauge. Patous Augen brauchen nicht zu suchen, Patous Augen werden von den Erscheinungen besucht. Die Erscheinungen nehmen Patous Auge als angenehmen Versammlungsort, als Maison de Plaisir, wo sie sich in bester Garderobe einfinden – nämlich in ihrer gewöhnlichen.

Ja – Patous Augen werden wahrhaftig verwöhnt.

Schon der Knabe Patou:

Patou hatte keine Geschwister, auch wurde er von der Straße ferngehalten, und so führte er im großelterlichen Garten seiner Kindheit seine Spiele und Unterhaltungen mit all den unscheinbaren Wesen, die sich da so als Käfer, Wurm und Kringelblatt, als Hölzchen und als Kiesel und als Grasgefissel vor seinen Augen einfanden, so daß sich das unbekritzelte Blatt seiner jungen Seele mit den merkwürdigen Porträts solcher Spielgefährten füllte. Kam hinzu, daß sein Großvater ein schweigsamer Mann war, der, wenn er schon mal redete, die Angelegenheiten in eine knappe bildhafte Metapher brachte. So sagte er, wenn ein Sommerabendgewitter den kleinen Patou erschreckte, «Ach Kommaher, die Brüder kegeln da oben wieder.» Ja, und wenn er mal redete, so redete er auch gleich gerne vom Tod, und dabei machte er dann aus dem Phänomen so einen richtigen Bilderbuchknochenkerl, einen zu fürchtenden düsteren Gesellen, einen Räuber und Hausbuhmann, so recht voll Lebenssaft und gut geeignet, mancher Schelte, angebrachter oder unangebrachter, ein Glanzlicht aufzusetzen. Ja, für den Knaben schlüpfte bei solcher Gelegenheit dieser Claudius'sche Gevatter direktement in die Gestalt des geliebten Opas, denn dieser war so ein etwas düsterer hagerer langer und gichtknöcheliger Mann, so ein ganz untypischer Herr von Zwirn und Nadel.

Patous Kindheit war also ein Bilderbuch. Versteht sich, daß er schon bald ans Abbildern kam. So machte er's:

Bis heute.

gruß an Birgit Jacobsen 10.8.74

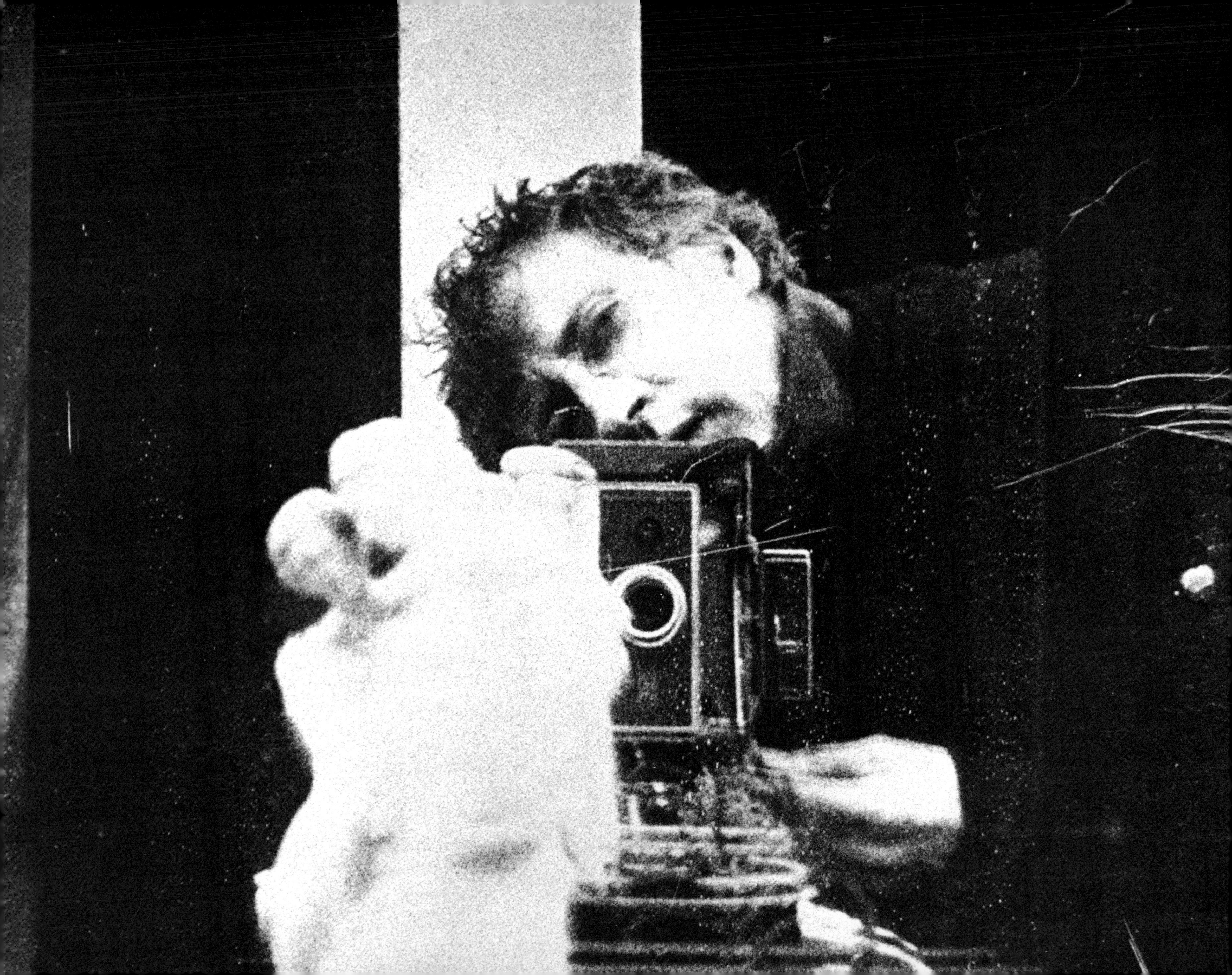

Und nun zeichnet er weiter – alles und zu jeder Zeit. Er zeichnet sein Spiegelbild, und er zeichnet sich, indem er das Spiegelbild aus einem zweiten Spiegel herausspiegelt und dies dann konterfeit. Er zeichnet die Gesichter jener, die er streicheln würde, er zeichnet verirrten Passanten den Weg zur nächsten Kirche auf eine just vorhandene Streichholzschachtel. Er zeichnet dem Zahnarzt – als Honorar quasi – eine kleine Botanik aus Zahnwurzeln und Plombenblüten und natürlich im nachhinein den gezogenen eigenen Backenzahn.

Verhäkelt er sich in eine düstere Leidenschaft, kramt er die vorgefertigten Bilder einer Melusinen-Legende hervor und zeichnet danach seine Variation. Und wenn er gar liebt, so sind's am Ende eines jeden Jahres 365 gezeichnete Schelmereien oder Sentimentalitäten auf seinen allmorgendlichen Anbetungen.

Ja, Patou zeichnet auch seine Träume.

Mag für andere Phantasie etwas Phantastisches sein, für Patou ist sie ganz einfach ein Kaleidoskop, so ein Schüttelding, in dem alle möglichen vergessenen und erinnerten Augenblicke eingeschlossen sind und sich bei der geringsten Bewegung wieder und wieder zu immer neuen Bildern assoziieren.

Nun also Patou guckt und zeichnet.

Alles und zu jeder Zeit und nicht nur solch geliebte Pretiosen, wie da sind: ein paar plattgetretene Kronenkorken, Efeublätter oder eine gestrandete rostige Dose mit exotischer Aufschrift. Nicht nur kleine, sein Auge entzückende Scherben mit den niedlichsten Lasuren oder ausgebaute Türschlösser oder eine Walnußschale oder auch ein Ensemble der unterschiedlichsten Knöpfe – Knöpfe sag ich – von solcher Persönlichkeit, wie Menschen wohl gern im Unterschied zueinander sein möchten. Nein – nicht nur solch abenteuerlichen Kleinkram zeichnet Patou, nein – auch ganz andersartige Erscheinungen. Erscheinungen, die auf nachdenkende und spekulierende Leute schwer eindrücken: Flußpanoramen zum Beispiel und Gebirgsmassive und Brandungen und gezauste Waldränder. Dieses alles AUCH ist dem Patou von gleicher Selbstverständlichkeit wie die zuvor erwähnten Dinge: in Patous Auge versammeln sich die Panoramen dieser Welt gleich den Spiegelungen in einer Seifenblase. Und wie gesagt: Patou hütet sich, in die Erscheinungen einzudringen. Patou guckt.

Das war nicht immer so. Es muß so im Januar 1974 gewesen sein, Anfang Januar. In Patous Garten nistete eine Eule. Wie man weiß, schlüpft ein Eulengelege Anfang des Jahres; eben im Januar, der dem Janus gewidmet ist, weshalber Eulen ihren Kopf so blitzartig wenden können, daß die Ornithologen behaupten, eine Eule hätte zwei Gesichter.

Patou saß in seinem Garten – in einer warmen Januarnacht, rauchte en masse Zigaretten gegen die Mückenschwärme, als er die Eule beobachtete, wie sie ihre Jungen atzte. Es war ein fetter Maikäferjanuar damals, und die Brut war zahlreich, und die Eule flog hin und wieder in den kürzesten Intervallen. Jean Patou holte seinen Blitzlichtfotoapparat und machte ein Foto der Eule, als sie just die Schnäbel der Jungen stopfte. Als er in selbiger Nacht noch das entwickelte Bild betrachtete – er hatte im Erdgeschoß ein eigenes Labor, weil er eifersüchtig darauf achtete, daß kein fremdes Auge sah, was er noch nicht gesehen hatte – als er also das Bild sah, war sein Erstaunen nicht gering. Das kam so: er erinnerte ein Hochzeitsfoto, eine Offiziersfamilie darstellend, irgendwelche Leute aus seiner entfernten Verwandschaft. Und auf diesem Foto, was natürlich eine Blitzlichtaufnahme war – wann sind je Hochzeitsfotos keine Blitzlichtaufnahmen, was wahrscheinlich darauf zurückzuführen ist, daß der Fotograf sich ängstigt, die Liebe könne sich bei zu langer Belichtung davonmachen – also was wollte ich sagen: auf diesem Hochzeitsblitzlichtfoto hatten die Konterfeiten natürlich ihre Augen geöffnet, denn kein glücklicher

Mensch ist imstande, seine Augen im ersten 1000stel einer 1000stel Sekunde zu schließen. Das geschieht erst später – wenn's zu spät ist. Weshalb aber war Patou nun so erstaunt über das Eulenblitzlichtfoto? Nun – die Eule hatte ihre Augen geschlossen; die Eule mußte – so überlegte Jean Patou – sic mußte im ersten 1000stel einer 1000stel Sekunde auf den Blitz reagiert haben, denn nichts an diesen Augen war verwackelt.

Patou verfiel ins Grübeln. Wie gesagt, in jener merkwürdigen Zeit dachte er über Erscheinungen noch nach. Und einer seiner häufigsten Gedanken war: wie unvorhersehbar und plötzlich der Tod aus heiterer Nacht und Dunkelheit in Bruchteilen einer 1000stel Sekunde ihn greifen könnte.

Wenn man, so dachte er, aus dem Mechanismus dieser Eule nun jene Reaktionsfähigkeit herausdestillieren könnte – mein Gott – man würde zumindest den Tod schon sehen, bevor er uns erreicht; und würden wir auch einen Wettlauf mit ihm, so er uns wirklich und persönlich meinte, verlieren, so bliebe doch immer noch die Hoffnung auf die Möglichkeit, daß er uns gar nicht persönlich meinte, daß er uns statt eines anderen nahm, nur weil wir ihm just im Wege standen; und für einen solchen Fall könnten wir dann doch bei rechtzeitigem Erkennen einen Schritt beiseite treten. Wenn wir's so hätten wie diese Eule.

Jean Patou schlief nicht mehr, fotografierte nicht mehr und zeichnete nicht mehr. Patou dachte nur noch an diese fantastische Vision, und dann nahm er eines Nachts ein Gewehr und schoß den Eulenkindern die Mutter weg und zerlegte ihren Kopf in alle seine Teile. Jean Patou untersuchte.

Nun weiß jedermann, daß wir Menschen, und so auch die Patous, Augen haben, die rund wie Murmeln oder kleine Äpfel sind, und die wir drehen und wenden können, ohne den Kopf zu bewegen. Und da wir gemeinhin nachts nichts zu gucken haben, es sei denn, wir wollen gucken und finden dafür auch eine Möglichkeit, ein Mittel, – brauchen also unsere Augäpfel nicht gerade riesig zu sein; denn die gewöhnliche Brennweite unseres Auges ist unseren gewöhnlichen Bedürfnissen angemessen. Die Eule aber hat's mehr mit der Nacht, und da muß sie genau hinsehen, und eben drum braucht ihr Auge eine große und tiefe Brennweite – so hergestellt, indem sie zylindrisch geformte Augen hat, die ihr tief in den Kopf gesteckt sind. Natürlich kann sie solcherart zylindrische Apparaturen nicht seitlich verdrehen und kann daher auch nicht schielen. Kommt sie also in die unmittelbare Nähe eines anvisierten Punktes, wie zum Beispiel dem geöffneten Schnabel eines ihrer Kinder, ja – dann müßt sie schon schielen, um die Schnabelöffnung zu treffen. Da sie nun nicht schielen kann, würde sie zwei Schnabelöffnungen sehen, von denen keine wirklich existierte, jedenfalls nicht an der Stelle, wo sie «wären». Aus diesem Grunde schließt also die Eule im richtigen Abstand vom anvisierten Ziel die Augen, und ein paar feine Schnabelhärchen übernehmen die Orientierung. Die Eule füttert also ihre Brut EH mit geschlossenen Augen – was nebenbei die Verteilung des Futters sicherlich auch gerechter macht.

Dies fand also Jean Patou heraus; und dies erlöste ihn vom Denken. Denn er sagte sich: es ist müßig, eine Sache zu untersuchen, die er vor der Untersuchung falsch sah, weil er das Falschgedachte als richtig empfand –, wenn dann nach der Untersuchung die vorangegangene falsche Schlußfolgerung aus einer richtigen Beobachtung doch eine Erklärung erfährt, die dann sooo richtig ist, wie es die Beobachtung war – ohne falsche Schlußfolgerung.

Na und nun guckt er eben wieder, und was er sieht, ist ihm geschenkt.

im Hotel bleiben
und Seifenblasen
pusten.

Ja!

28.1.75

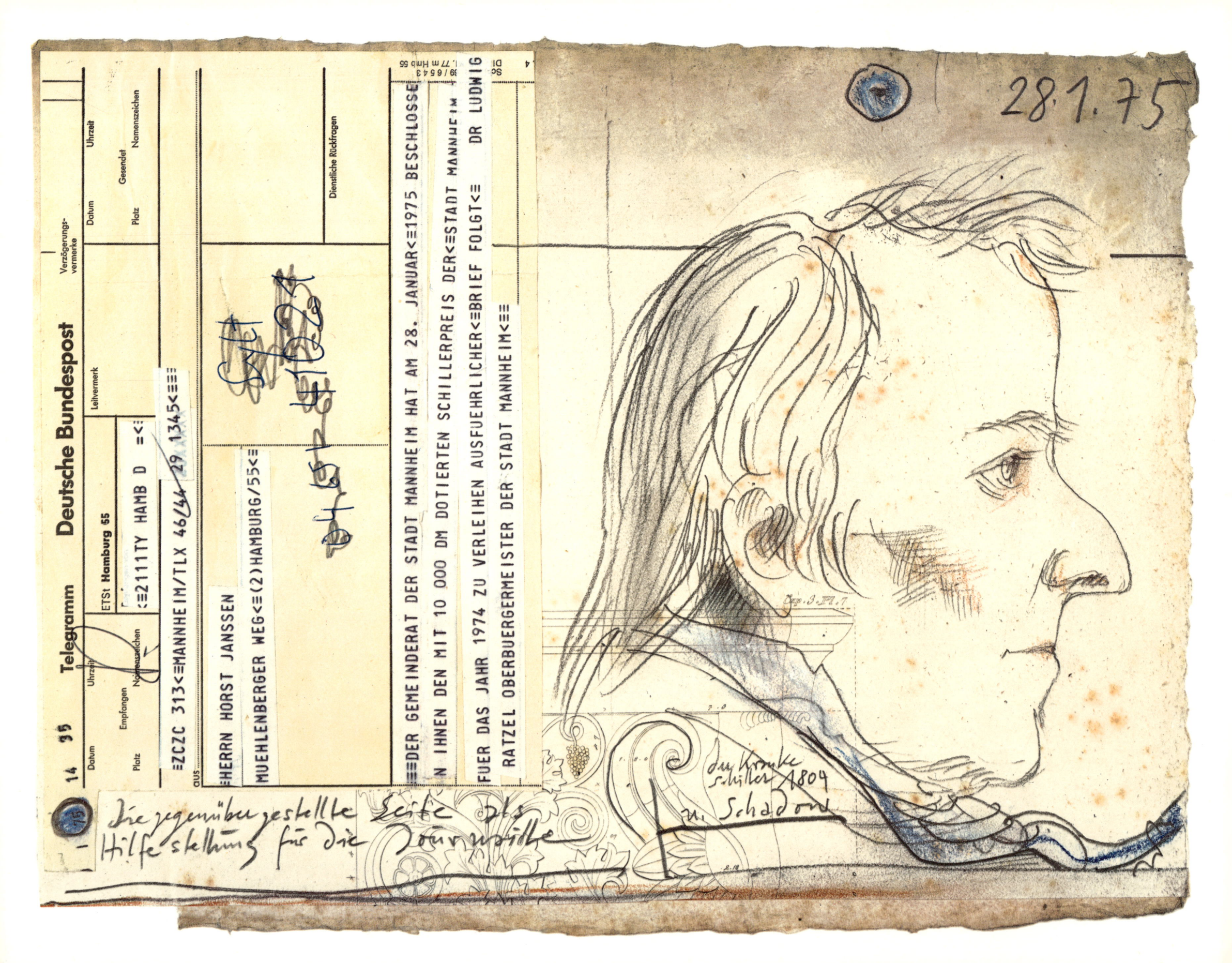

Telegramm — Deutsche Bundespost

ETSt Hamburg 65

ZCZC 313 MANNHEIM/TLX 46/44 29 1345
2111TY HAMB D

HERRN HORST JANSSEN
MUEHLENBERGER WEG (2) HAMBURG/55

DER GEMEINDERAT DER STADT MANNHEIM HAT AM 28. JANUAR 1975 BESCHLOSSEN IHNEN DEN MIT 10 000 DM DOTIERTEN SCHILLERPREIS DER STADT MANNHEIM FUER DAS JAHR 1974 ZU VERLEIHEN AUSFUEHRLICHER BRIEF FOLGT DR LUDWIG RATZEL OBERBUERGERMEISTER DER STADT MANNHEIM

die gegenübergestellte Seite als Hilfestellung für die Journaille

der kranke Schiller 1804 n. Schadow

29.1.75

**STAATSANWALTSCHAFT
BEI DEM LANDGERICHT HAMBURG**

Abteilung: 4
Geschäfts-Nr.: 45 Js 195/75
Bitte bei allen Schreiben angeben!

Hamburg, den 29. Jan.
Fernsprecher 3 41 09 – 730 (Durchwahl)
Behördennetz 9.45

Staatsanwaltschaft bei dem Landgericht Hamburg
2 Hamburg 36 · Postfach

Herrn
Horst Janssen
2 Hamburg 55
Mühlenbergerweg 22

Sehr geehrter Herr Janssen!

Das gegen Sie

wegen Verdachts des Raubes pp.

eingeleitete Ermittlungsverfahren ist eingestellt worden.

Hochachtungsvoll
gez. Ferber
(Staatsanwalt)

begl.
(Justizangest.)

SITZ: HAMBURG 36, SIEVEKINGPLATZ 3, STRAFJUSTIZGEBÄUDE · FERNSPRECHER 3 41 09

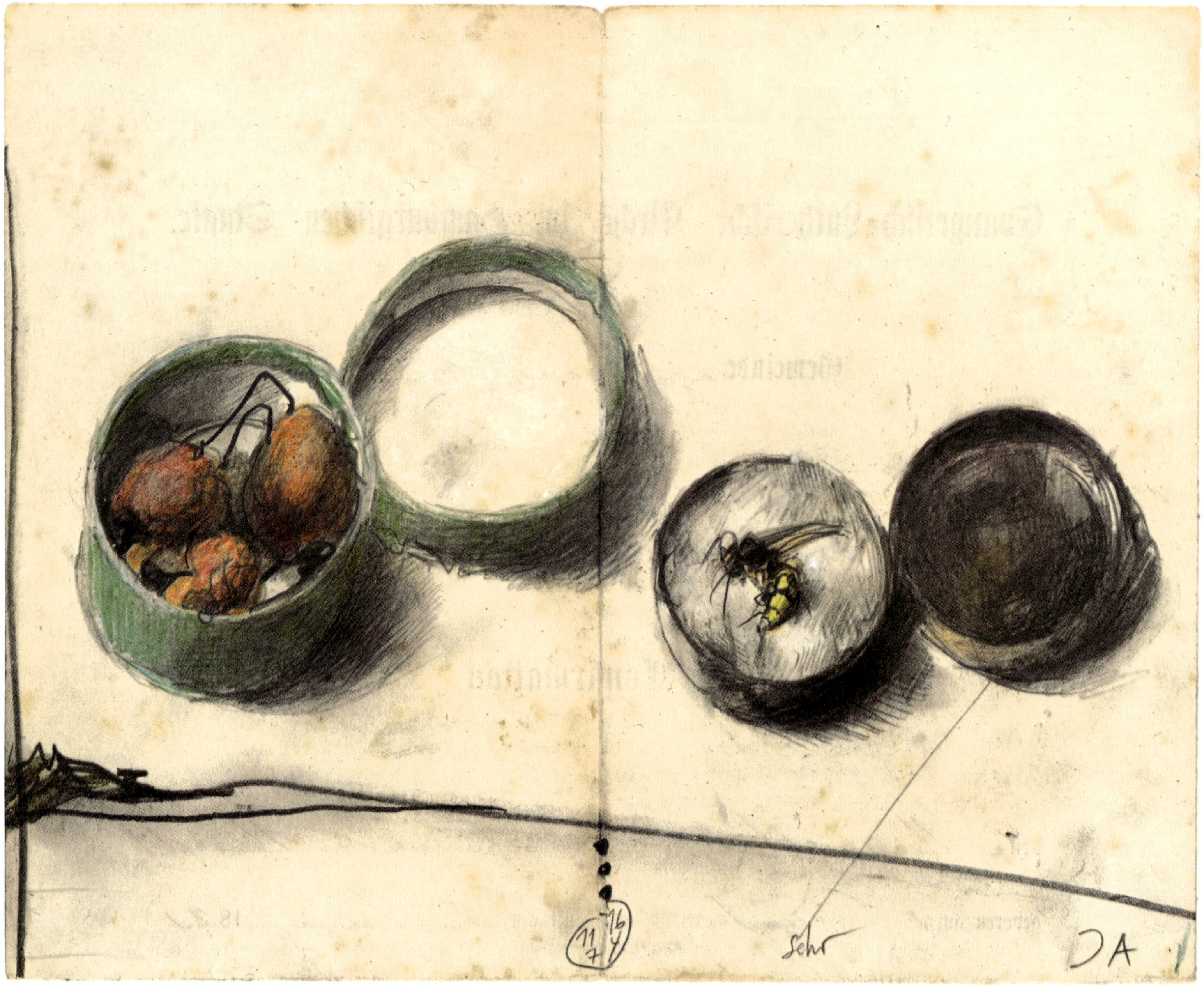

sehr
DA

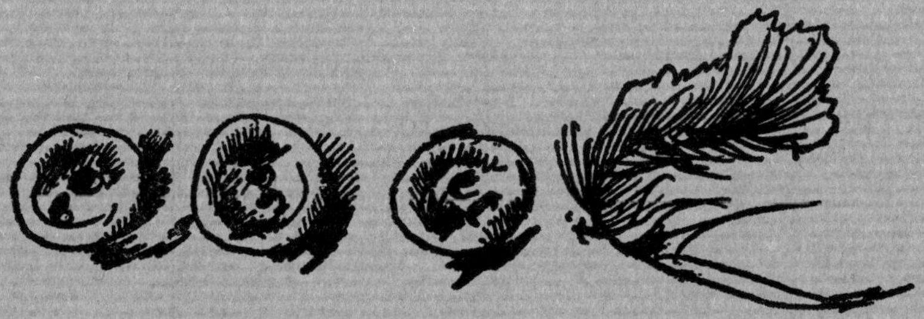

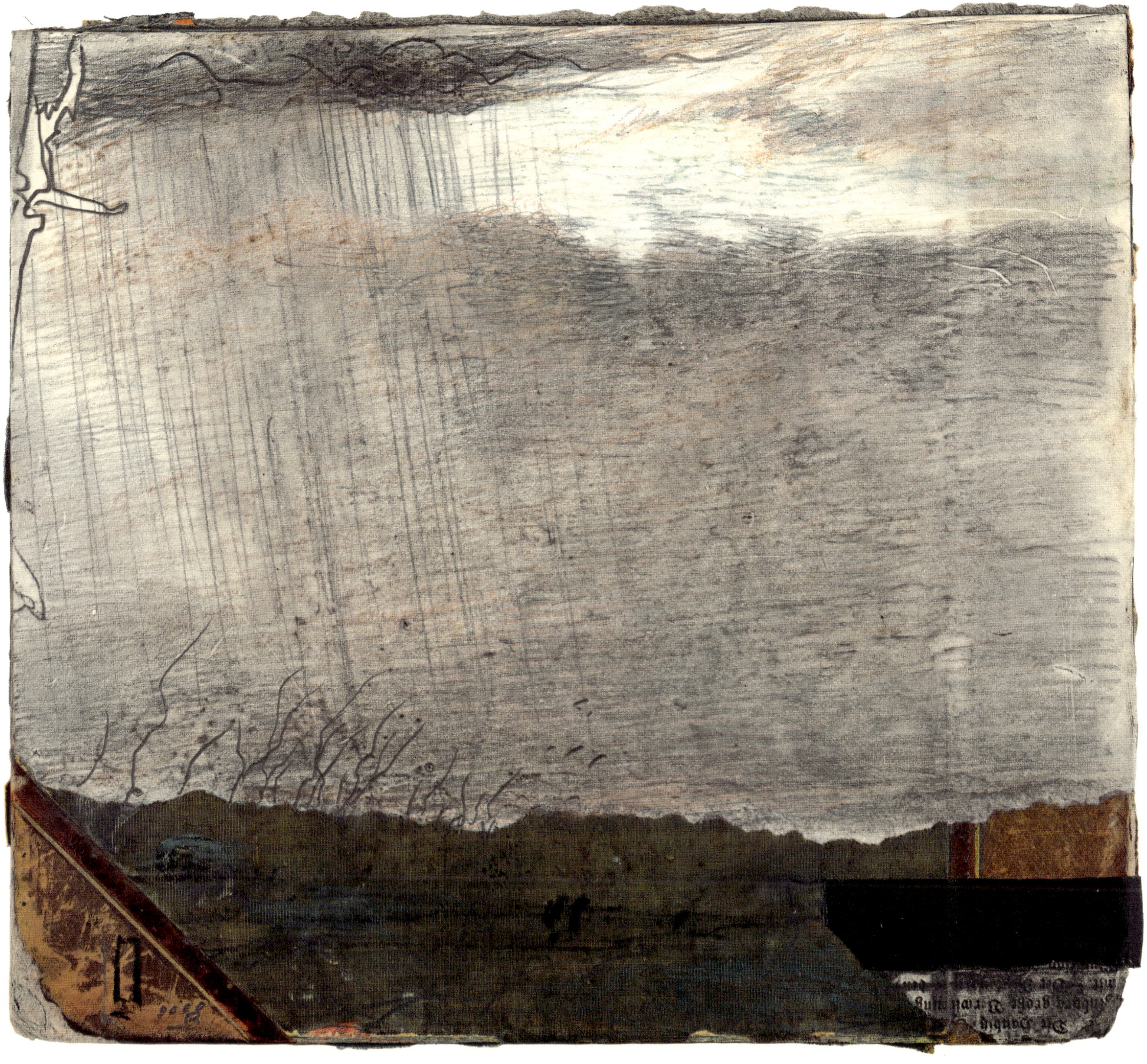

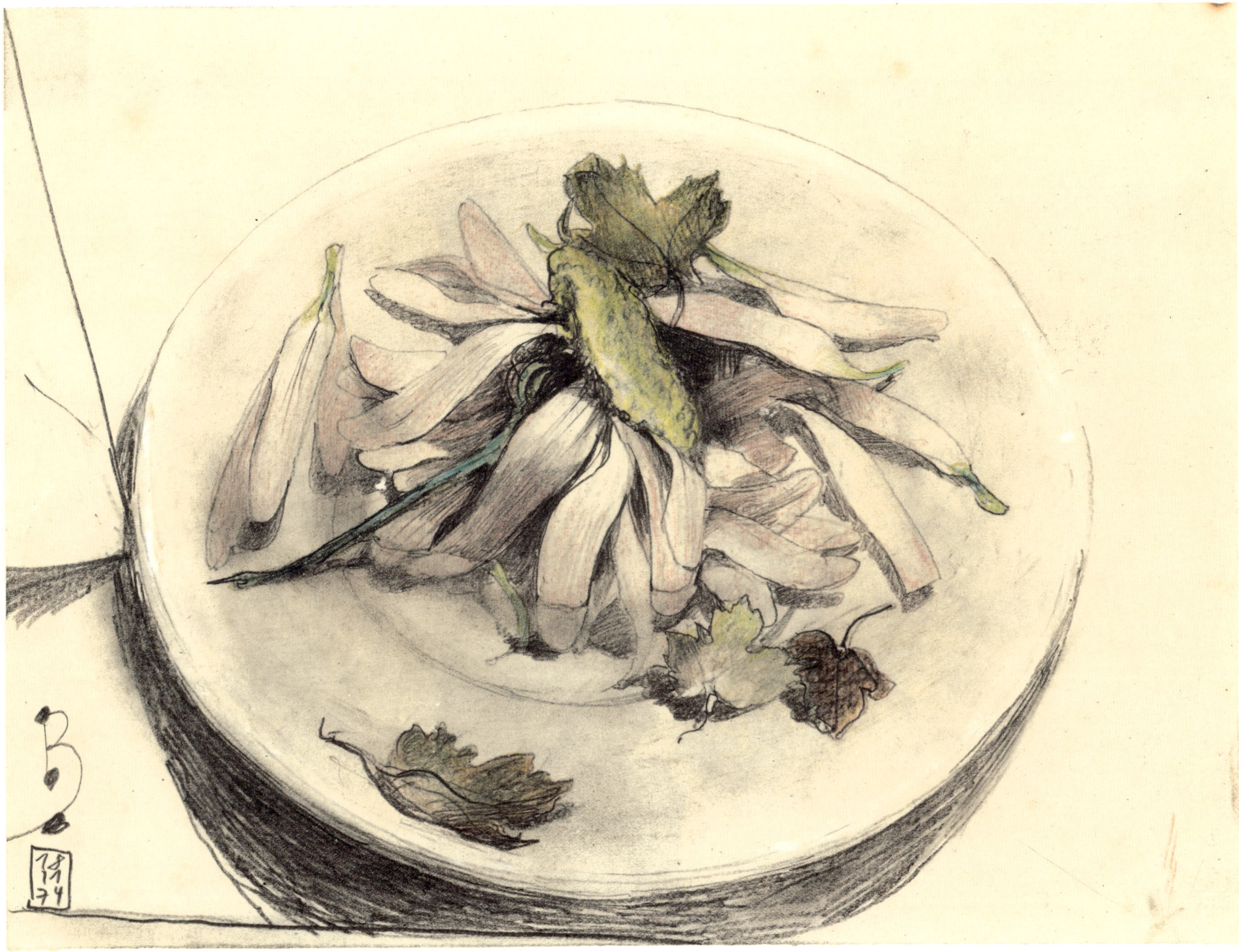

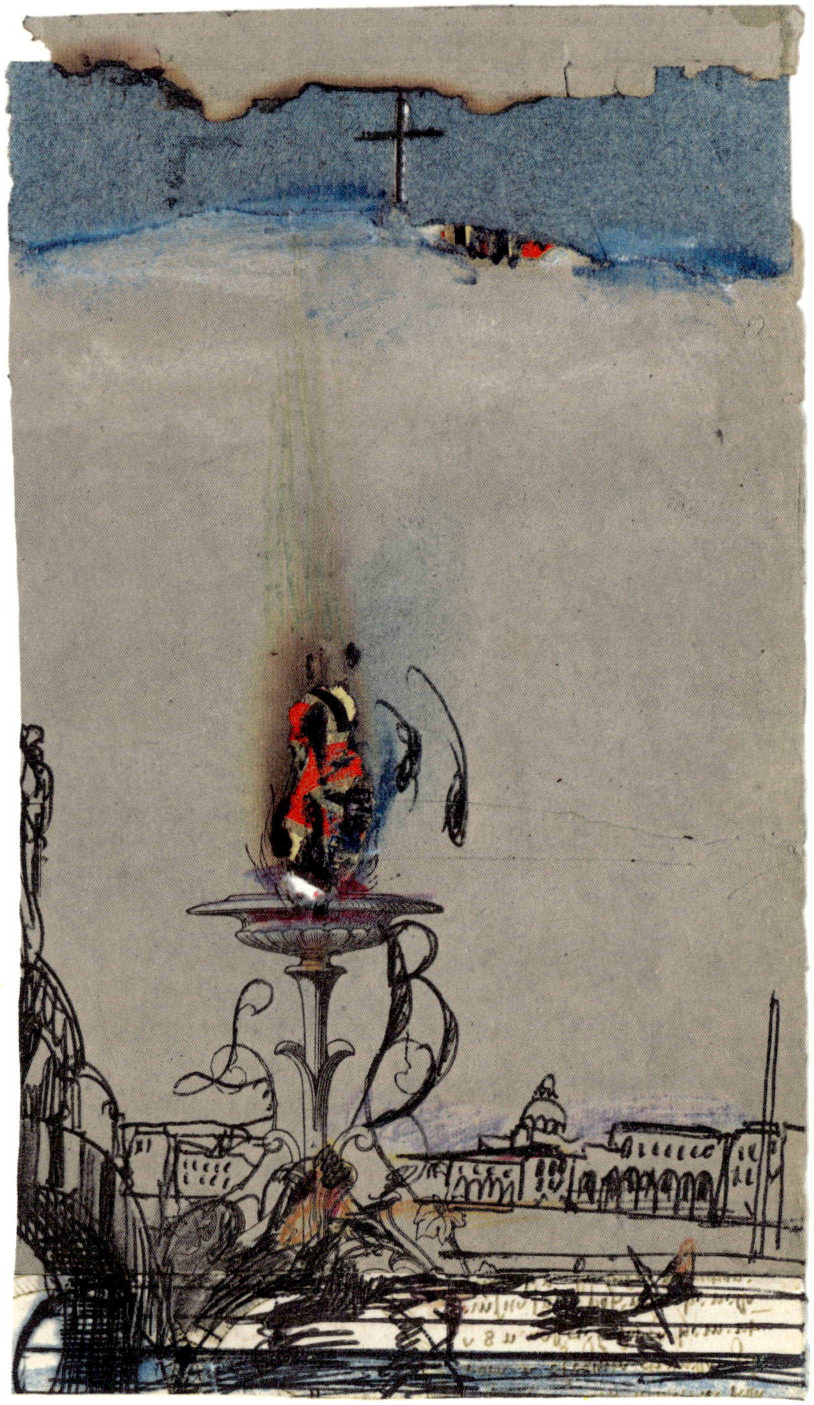

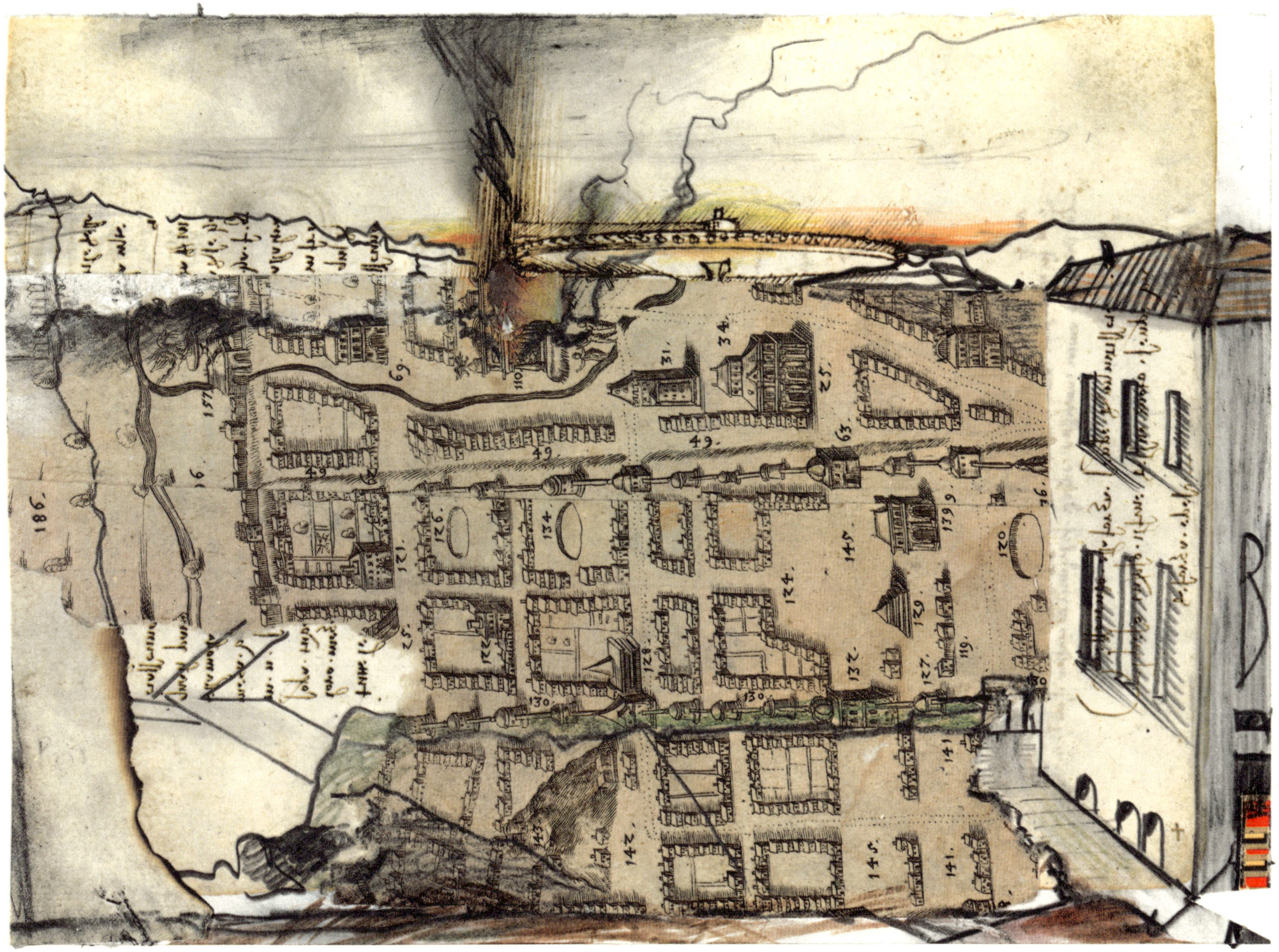

9.II 74

Geschenk...

Es ist [...]
zum Donnerstag den
7.II.74

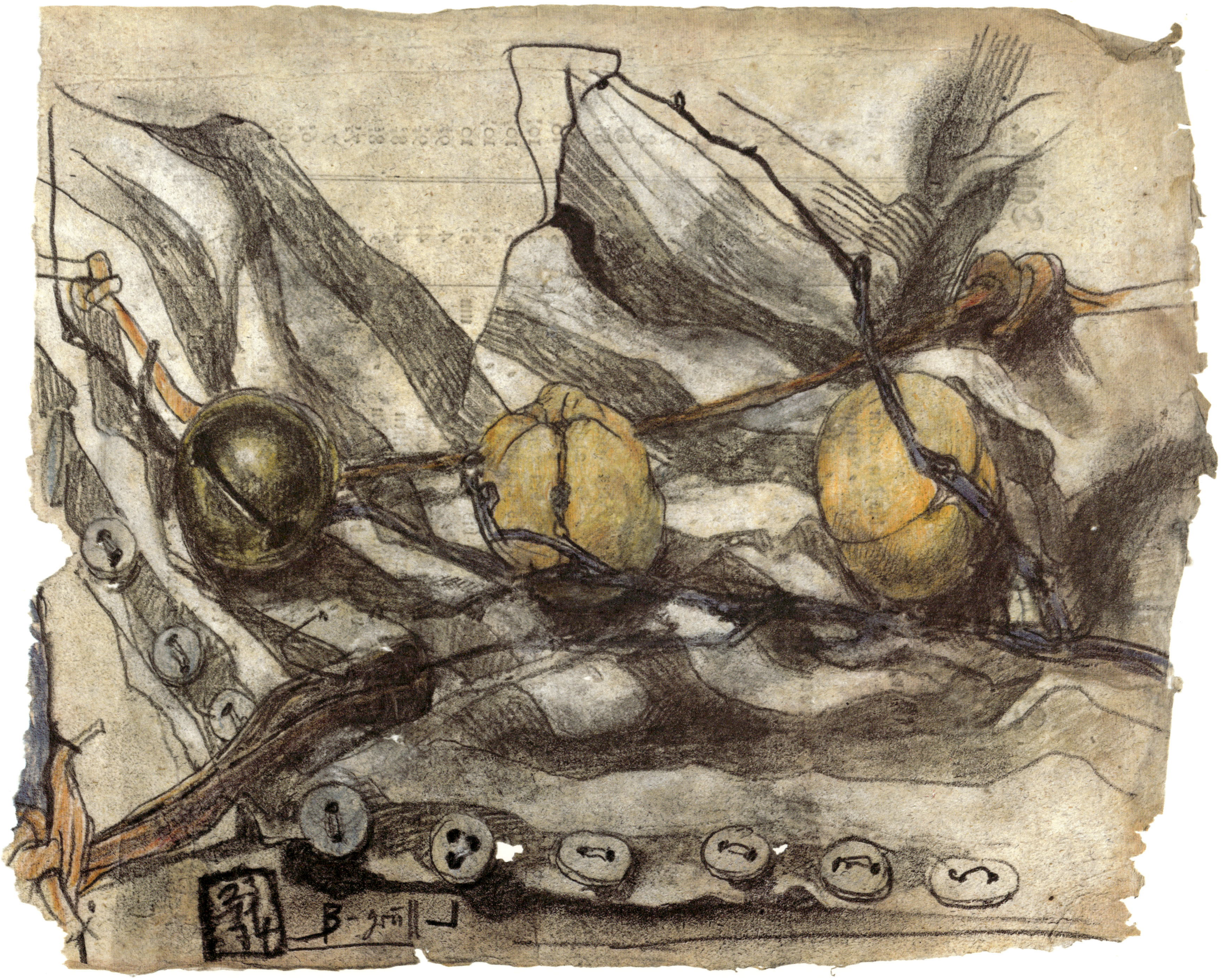

Korken Klebestreifen perlen Wachs + Fingerhut
Streichholz – weiss nicht, fissel + Engelhaar
+ + + Röschen welk
+ Asphaltlack
+ Knopf + Deckel

1 bisschen für J. F.   entdeckt am 14.11.

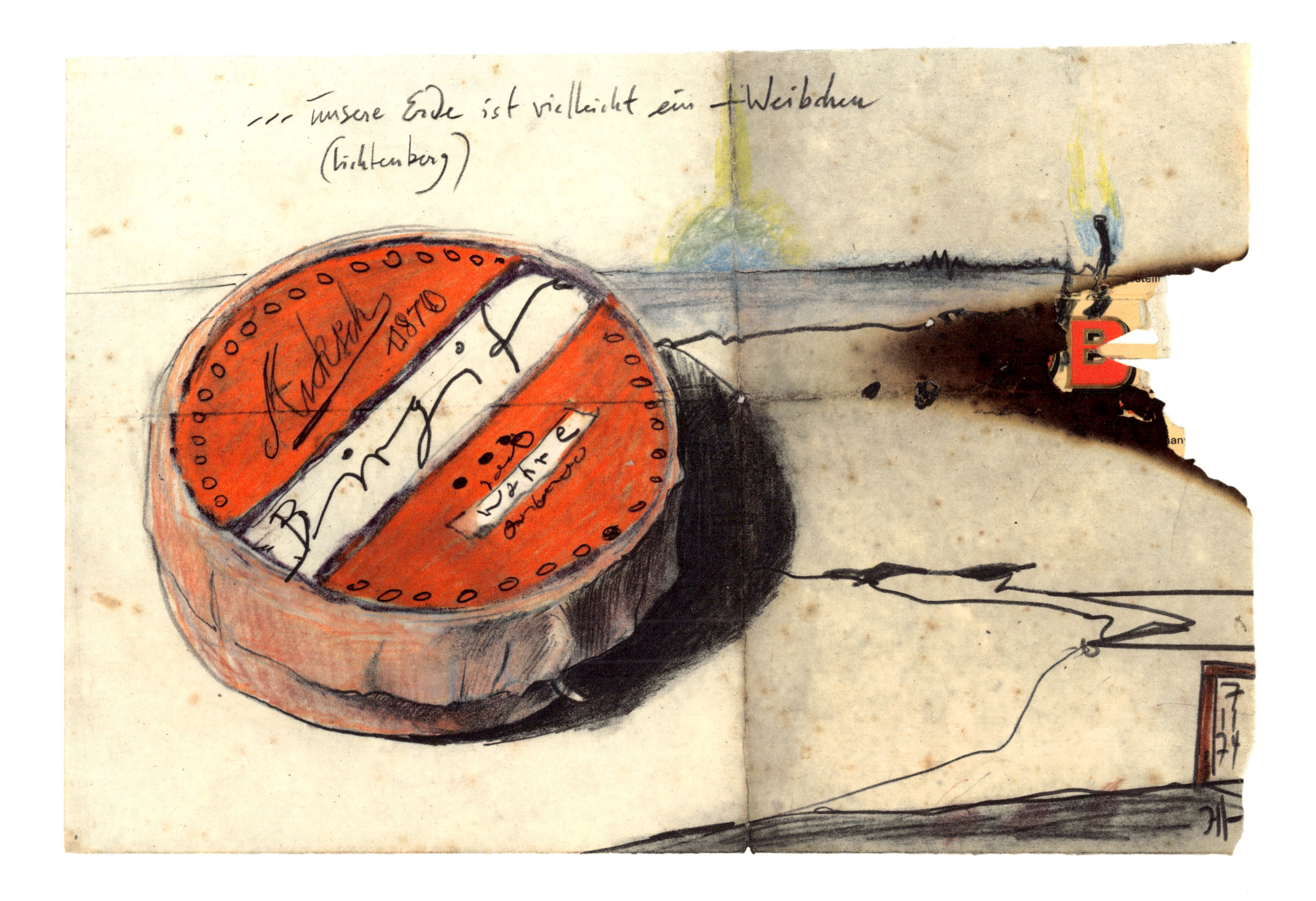

... unsere Erde ist vielleicht ein Weibchen
(Lichtenberg)

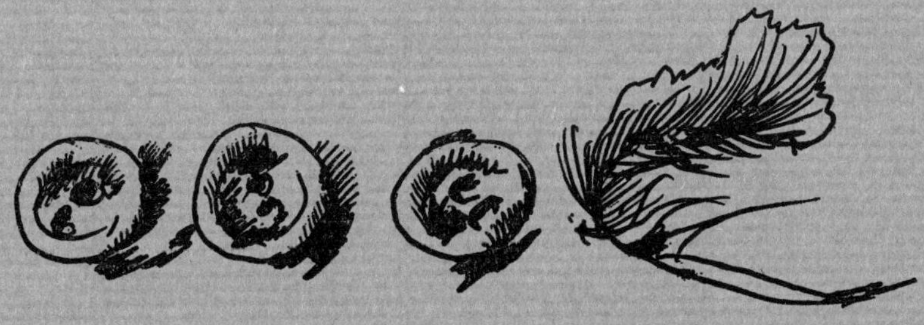

1947

Zur Bibliographie Horst Janssen

1. Janssen-Ausstellung in der Kestner-Gesellschaft, Hannover 1965–66
   Katalog mit Texten von Wieland Schmied, Horst Hanssen und dem
   Werkverzeichnis der Graphik bis 1965 von Prof. Carl Vogel
   113 Abbildungen ganzseitig und 410 Abbildungen im Katalogteil

2. «Plakate und Traktätchen»
   zu den Ausstellungen 1965–66 in Hannover, Hamburg, Darmstadt, Stuttgart,
   Berlin, Düsseldorf, Lübeck, Basel und München. 11 Abbildungen
   Christians Verlag, Hamburg 1966

3. Zehn Zeichnungen aus der Sammlung Poppe Hamburg
   Verlag der Galerie Brockstedt, Hamburg 1966

4. Zeichnungen von Horst Janssen
   und Fotos von Thomas Höpker
   27 Abbildungen
   Verlag der Galerie Brockstedt, Hamburg 1967

5. «Ballhaus Jahnke»
   48 Radierungen 1957–1965
   Mit einem Text von Wieland Schmied
   Insel Verlag 1969

6. «Paul Wolf und die sieben Zicklein»
   Text und Bildchen von Horst Janssen
   Merlin Verlag, Hamburg 1969

7. «Hensel und Grätel»
   Text und Bildchen von Horst Janssen
   Merlin Verlag, Hamburg 1969

8. Zeichnungen
   Mit einem autobiographischen Text
   63 farbige Tafeln und sechs Abbildungen
   Vorzugsausgabe mit sieben verschiedenen Radierungen
   Propyläen Verlag, Berlin 1970

9. «Petty fauer»
   20 guten Morgen und hast du gutgeschlafen Gedichte
   Verlag der Galerie Brockstedt, Hamburg 1970

10. Radierungen 1970–71
    Mit dem «Brief an einen Kupferdrucker» von Horst Janssen
    48 Abbildungen
    Propyläen Verlag, Berlin 1971
    Vorzugsausgabe mit 15 Radierungen für diesen und den folgenden Band

11 Landschaftsradierungen 1970
    Mit einem Text über die Landschaftszeichnung von Horst Janssen
    32 Abbildungen
    Propyläen Verlag, Berlin 1971

12 «14 Biber»
    Leporello mit 14 farbigen Abbildungen parodierter Porträts von bärtigen
    Eierköpfen
    Vier Seiten Text von Horst Janssen
    Vorzugsausgabe mit 2 Radierungen zur 1. Auflage und 2 Radierungen zur
    2. Auflage
    Christians Verlag, Hamburg 1971

13 «Hokusai's Spaziergang»
    Traktat über die Radierung, mit den beiden Kapiteln «Über das Zeichnen
    nach der Natur» und «Traktat über die Herstellung einer Radierung»
    95 Abbildungen
    Vorzugsausgabe mit 8 verschiedenen Radierungen
    Christians Verlag, Hamburg 1972

14 Tessin
    Zeichnungen aus der Schweiz 1971
    Mit einem Brief von Johann Wolfgang von Goethe aus der Schweiz 1779
    20 farbige Abbildungen
    Vorzugsausgabe: 120 numerierte Exemplare mit einer Originalzeichnung
    Verlag der Galerie Brockstedt, Hamburg 1972

15 «Subversionen»
    Leporello mit 20 farbigen Abbildungen übermalter japanischer und
    chinesischer Holzschnitte   Vier Seiten Text von Horst Janssen
    Vorzugsausgabe mit 3 Radierungen
    Christians Verlag, Hamburg 1972

16 Fatter für Philip
    Vorzugsausgabe: 40 Exemplare mit einer Original-Zeichnung
    Hower Verlag, Hamburg 1972

17 Katalog der Janssen-Ausstellung in der Kestner-Gesellschaft, Hannover 1973
    Mit Texten von Wieland Schmied und Horst Janssen
    177 Abbildungen
    Vorzugsausgaben: mit einem Selbstbildnis zur 2. Auflage (100 Expl.) und mit
    einem Selbstbildnis-Stilleben zur 3. Auflage (100 Expl.)

18 Norwegisches Skizzenbuch, September 1971
    Mit einem Reisetagebuch
    28 farbige Tafeln
    Propyläen Verlag, Berlin 1973

19 Neue Zeichnungen, 1970 bis 1972
    40 farbige Abbildungen
    Propyläen Verlag, Berlin 1973

20 Minusio. Aus einem Skizzenbuch, Sommer 1972
    36 farbige Tafeln
    Propyläen Verlag, Berlin 1973

21 Handzeichnungen und Radierungen zu den Zyklen:
    Hokusai's Spaziergang – Die Kopie – Hanno's Tod – Die Landschaft –
    Carnevale di Venezia
    Katalog der Ausstellung des Kupferstichkabinetts der Hamburger Kunsthalle
    und der Kunsthalle Bielefeld, 1973 und 1974
    78 Abbildungen
    Vorzugsausgabe mit einem radierten Selbstbildnis (100 Exemplare)

22 «Horst Janssen – Paul Gavarni». Katalog der Ausstellung im Museum am
    Dom, Lübeck 1973. 18 Abbildungen
    Gavarni: Lithographien – Janssen: Kopien nach Gavarni –
    Janssen: Radierungen und Zeichnungen zum «Carnevale di Venezia»
    Vorwort und Katalog von Gerhard Schack

23 Der Wettlauf zwischen Hase und Igel auf der Buxtehuder Heide
    17 Farbtafeln, Facsimile-Ausgabe der Zeichnungen von 1950
    Vorzugsausgabe mit 2 Radierungen (je 100 Expl.)
    Neske Verlag, Pfullingen 1973

24 «Carnevale di Venezia»
    Handzeichnungen und Radierungen zur Suite für Luigi Toninelli 1971
    57 Abbildungen • Vorzugsausgabe mit 4 verschiedenen Radierungen
    Christians Verlag, Hamburg 1973

25 «Mißverständnisse»
Leporello mit 24 farbigen Abbildungen übermalter Postkarten nach Bildern von Fra Angelico, Leonardo, Michelangelo, Gottlieb Schick, Degas, Renoir, Egon Schiele, Emil Nolde, Picasso, Paula Modersohn-Becker etc.
Vier Seiten Text von Horst Janssen
Vorzugsausgabe mit 3 Radierungen
Christians Verlag, Hamburg 1973

26 «1 Ge-pferdte für Bettina»
10 Zeichnungen einhundertfach zu variieren – 1 Potenzello
Vorzugsausgabe: 150 Expl. mit 5 verschiedenen Radierungen (Auflage je 30)
Hower Verlag, Hamburg 1973

27 «Bettina»
Eine Nachzeichnung in romantischer Manier
Mit 20 Abbildungen nach Polaroid-Fotos von Horst Janssen
Vorzugsausgabe: 132 Expl. mit 4 verschiedenen Radierungen (Auflage je 33)
Hower Verlag, Hamburg 1973

28 «Landschaft»
Lavierte Federzeichnungen und Radierungen
Mit Texten von Horst Janssen «Empfindungen» und «Über die lavierte Federzeichnung» und 182 Abbildungen
Vorzugsausgabe mit 5 verschiedenen Radierungen
Herausgegeben von Gerhard Schack
Christians Verlag, Hamburg 1974

29 Geste – Buch
Widmungszeichnungen für die Gäste des Verlages anläßlich des Erscheinens der «Landschaft»
124 Seiten mit 55 Abbildungen und einem Text von Horst Janssen
Vorzugsausgabe mit 4 verschiedenen Radierungen
Herausgegeben von Gerhard Schack
Christians Verlag, Hamburg 1974

30 Selbstbildnisse zu «Hanno's Tod»
XI. Kapitel aus den Buddenbrooks von Thomas Mann
Mit 45 Abbildungen der Radierungen, Vorzeichnungen, Variationen und Photos
Vorzugsausgabe mit 2 verschiedenen Radierungen
Herausgegeben von Gerhard Schack
Christians Verlag, Hamburg 1975

31 «Die Kopie»
Radierungen und Zeichnungen nach Botticelli, Mantegna, Piero di Cosimo, Caravaggio, Dürer, Georges de la Tour – Aert van der Neer, Jan van Scorel, Breugel – Chardin, Salvator Rosa, Goya, Dahl, Gavarni, Ensor, Redon, Füßli, Klinger – Hokusai, Hokkei, Kyosai und anderen
Mit einem Text von Horst Janssen und etwa 180 Abbildungen
Herausgegeben von Gerhard Schack
Christians Verlag, Hamburg. Erscheint 1975

Die Abbildungen wurden nach den Originalen aus
der Sammlung Luigi Toninelli reproduziert.

© 1975 by Verlag Ullstein GmbH,
Frankfurt am Main · Berlin · Wien, Propyläen Verlag
Offsetreproduktion Gries KG, Ahrensburg
Satz und Druck Hans Christians, Hamburg
Einband Verlagsbuchbinderei Ladstetter, Hamburg
Printed in Germany 1975
ISBN 3-549-06609-0